蝴蝶
Seba

蝴蝶
Seba

蝴蝶館 45

冥府狩獵者

蝴蝶*Seba*◎著

elegantbooks

目次

冥府狩獵者

楔子

「啊……好想退休。」坐在夕陽餘暉下，他將長腿擱在茶几上，非常提不起勁的問，「長生，咱們去陰山開間咖啡館，妳覺得怎麼樣？或者奈何橋？」

「你要跟孟婆搶生意？她會劈了你。」我連眼都沒抬，繼續推著吸塵器，「還有，Boss，你討厭有咖啡因的飲料。」

「咖啡館不要賣有咖啡因的飲料就行了。」

我把吸塵器關了，沉默了一會兒，「你唯一肯喝的飲料叫做牛奶，連白開水都不喝。」

「那就開家只賣牛奶的咖啡館好了。」

我送上一杯冰牛奶，不再搭腔。反正灼璣抱怨夠了，就會「醉」牛奶，乖乖的睡著。

為什麼會這樣……據他自己說，是因為祖上有吸血鬼的血統，但我聽到的小道消息是……他有個水蛭精的女先祖。但誰也不敢在灼璣面前提，上個當面嘲笑他的，是個他追捕的百年厲鬼。

那個百年厲鬼沒有當場魂飛魄散……而是被切成兩百多個小塊，裝在用咒符封禁過的小瓶子，送回冥府。聽說判官接到都快哭了，因為光拼圖拼到足以審判就花了二十個工作天，拼圖過程中，那個厲鬼還不斷慘叫，分貝高過轟炸機，判官事後看了很久的耳科醫生。

惹誰都好，就是不要惹「冥府獵手」。尤其是這一個——呼延灼璣。

冥府獵手是幹嘛的呢？就是追捕從冥府逃出，或者是陰差勾魂沒抓到的厲鬼邪魂。灼璣屬於亞洲分區冥府追獵署台灣分局。

這麼說好了，新加坡人口將近五百萬，新加坡分局擁有二十個常駐公務員。台灣人口兩千多萬，常駐公務員……只有一個。

那就是灼璣。

之所以會這樣，是有很深刻而複雜的理由，並不是因為台灣比較不鬧鬼。

呃……我也是等死了以後才知道台灣在冥府眼中地位很微妙……像是個流放

地。事屬機密，我怕魂飛魄散，所以只能隱約的說，反正這裡非常「茶包」（Trouble），只有那種最桀驚不馴，長官巴不得置之死地的部屬，才會被扔過來。

我能說什麼？灼璣民國初立就被扔來了，很快就可以慶祝百年就業。我？不不不，我不是台灣分局的……最少不是編制內人員。我死掉以後，找不著陰差，陰差也找不著我，灼璣覺得很有趣，軟硬兼施又偷矇拐騙成了僱聘人員，當然那是好聽的說法。

事實上，我成了懶惰透頂的灼璣，一個用公家付薪水的倒楣打雜兼祕書兼助手和跟班。

我想這就是報應。生前我養得極為嬌貴，十指不沾陽春水，沒想到死後成了老媽子，做個賊死，卻無法解脫。

所以說，簽任何契約的時候還是看清楚的好。我猜灼璣一定被壽險公司惡狠狠的坑過，所以他很理直氣壯的用字小得幾乎看不清楚的合約坑我。

我得做到公元999,999年合約才滿。

你確定合約滿的時候地球還存在嗎？我不這麼認為。

所以我在存錢……或者說我在存「福報」。違約金可是個天文數字。

冥府給予的薪資事實上是「福報」，與冥府幣可以互相兌換。但福報對鬼來說有很多用途，在陰間可以當錢用，可以得到一個比較良好的來生，或者拿這些福報塑造一個豔鬼的淒美形象（不信可以查《聊齋》）。

灼璣對我最不滿的就是這點。說我攢了那麼多福報，只肯弄個清秀的臉龐，身體還是籠罩著霧樣黑影，讓他看了都覺得憂鬱。

我眼皮都沒抬，「你要用你的福報讓我去美容塑身？」

「……我的薪水都拿去買軍火了。」他拿報紙往臉上一蓋，非常裝死。

「繼續憂鬱吧，Boss。」

唯一值得欣慰的是，灼璣算是個好伺候的長官，除了牛奶，不吃也不喝，我省去當廚子的麻煩。生前我痛恨下廚，死後也沒有改變。

我對灼璣最大的期望就是……我擦地板的時候，不要連腳都懶得抬。但他連這點期望都辦不到，你說還能怎麼樣？

雖然冥府在台灣的特別刑務配置非常悲傷，但行政系統還是完整的。跟我們打交道的通常是城隍府，或者是各地土地公的特件。有的是用冥紙燒來的（很古典），也有親自來洽商的（當然是我接待），更有的非常先進的用E-mail（別懷疑），更過分的是個剛接任的城隍祕書，他直接駭客到我電腦把檔案留在桌面上，差點把我嚇死。（雖然我已經死了）

再次譴責那些不著調的自以為高明的駭客和黑客，而且我警告你們，這樣不會讓你們案子的排序比較前面，只會讓我告狀到你們Boss那兒，並且壓到最後處理……

別自作聰明了！

我來之前，灼璣已經哄騙不少倒楣鬼（真的是鬼……）來幫他處理分類這些檔案，人越懶越會動腦筋，２８６時代他就知道要電腦化、資訊化了，拿公家的薪水和獎金騙學有專精的人魂（非厲鬼）幫他建資料庫，欺上瞞下的結果，是他得了一個非常先進的資訊化環境，和被降了三級、領了十年的半薪。

之後他只好聘用一些待罪的厲鬼當臨時人員。但厲鬼的戾氣很重，刑期很長，腦袋還有些不好使，只能做最基本的文書作業。

直到我進入他的視線……真是我人生最大的悲劇。

對，我是個厲鬼。但我要說明，我之所以會是厲鬼，真的是諸多巧合和倒楣的結果。我沒有要上吊……再說一次，我並沒有要上吊。

我是穿了一身紅衣服沒錯……但那是新年，我希望打麻將的手氣能順一點，畢竟我很不會打牌，但也不希望輸得太慘。的確那天我手氣超好的，大殺四方。我只是高興起來多喝了幾杯酒，走路有點不穩而已。

而且，我也不是從天橋跳下去……只是我的傘被吹飛了，我想抓住傘而已，下雨天路太滑，高跟鞋又不合腳。

我糊裡糊塗的從天橋上栽下去……卻被天橋旁鑲著的路燈勾到圍巾。

雖然，一個月前我才失戀，但也不至於為了個破爛男人自殺吧？

但死掉沒辦法辯解……陰差還沒找到我，我已經被「送肉粽」了，坐實了「厲鬼」的稱號。

所以我成了清醒沒有怨恨，未修煉就擁有完整理智的「厲鬼」。

灼璣讓我最悲傷和憤怒的就是這個。這樣可憐悲痛的經歷，能夠讓他大笑五分鐘，還噎得頻頻咳嗽。

我真哀傷。

更哀傷的是，這個徹底沒有同情心的傢伙，非常自然的把我推進火坑，簽了一個永無止盡的僱聘合約，洗衣、打掃、倒牛奶之餘，還得幫他篩選成山成海的案件，偶爾還要陪他出差。

為了抗議他的暴虐和不公，我在他的牛奶裡下巴豆。但他建議我下砒霜，喝起來比較夠味，巴豆太淡了。

……有機會的話，我該試試王水。

之一　守護者

灼璣正在大吵大鬧……因為他的牛奶喝完了。

坦白說，我真沒估計到他會喝掉半個冰箱的鮮奶，原本預計晚上才去補貨的。但我忘了有個該死的世足，邊喝邊看的結果，就是偷喝掉半個冰箱的鮮奶。

要他自己出去買，他說天氣太熱不想出門……繼續大吵大鬧。

我沒好氣的看了一眼驕陽烈日，日正當中，而且今天剛好是五月五。一定要說明，不是只有白娘娘怕端午節，厲鬼也是會怕的！白娘娘還現個原形而已，我在端午的正中午，太陽下走三步就可以起火冒煙了。

灼璣這混帳居然要我出門買牛奶！我才死兩年啊拜託！

我之所以能在大白天出門，完全不是修行的緣故。厲鬼要修行到在太陽底下散步，起碼也要三、五百年。我是因為身為冥府僱聘人員，所以有個臨編徽章，才不會晒個太陽就散形解體。

但能出去不代表愛出去，我出門還得撐個黑雨傘，長裙長袖防止紫外線，全副武裝還會晒傷！灼璣真是混帳到罪無可赦，如此欺壓我這樣善良無辜、柔弱無助的厲鬼！

何況我被檔案淹沒中，正在寫他應該寫的結案報告！

但在我塞耳塞，調大金屬搖滾樂的音量，捧著筆電滿屋子找安靜的角落無果……我終於投降了。

比起灼璣的魔音穿腦，我覺得端午的正中午溫柔可愛多了。我抓起式紙，附在其上，這樣才能穿衣穿裙，外觀才能逼近活人。

雖然更像精神有障礙的活人。

三十度的高溫，穿著到腳踝的長裙，厚天鵝絨外套，撐著黑雨傘……一整個神經病。最少用個俏麗小陽傘，對嗎？但我真的試過，用把漂亮的藍色碎花小陽傘，結果實在抵擋不住豔陽，半路上就冒煙起火，把式紙燒了。

反應迅速的7-11店員奔出來，拿滅火器狂噴……我熬著晒傷逃回家，台北也因此多了則大太陽底下的靈異都會傳奇。

黑雨傘很好，非常好。被當神經病也比成為傳奇好千百倍。

但對五月五的正午烈日，黑雨傘真的有點不夠用。我只能閃閃躲躲的從騎樓陰影走過，最後穿過狹長陰暗的小巷才讓我鬆口氣。

小巷的盡頭就是全家，這是最近的便利商店了。

我買了半打一千CC的鮮奶，我想撐到晚上再去超市補貨。一面想著，一面穿過狹長的小巷……突然有龐大的東西啪啦的掉下來，差點砸到我，噴了一點什麼在我臉上，本來以為是泥巴。

我沾了點看，溫暖濕潤的……血跡。地上躺著被腰斬的狼人，上半身在東，下半身在西，不斷的呻吟著。

……端午節有這麼剋狼人嗎？

我腦筋還沒轉過彎，一道銀光閃過，狼人的手腕飛了起來。一個穿著灰色大衣，踏著長靴的青年，背對著我，握著一把微彎的軍刀，刀尖不斷的滴血。

他轉身，碧藍的眼睛瞪著我，還沒搞清楚狀況，他已經揮刀向我了！

幾乎是反射性的，我將黑雨傘一收，抗住鋒利的軍刀，只是他力氣大得可怕，幾乎讓我散形。他似乎呆了一下，大概是因為砍不斷這平平無奇的黑雨傘的關係……他砍狼人跟切豆腐一樣。

當然，這是Boss的黑雨傘。

雖然是直比神兵的黑雨傘，落到我手底也只能扛幾下，反擊是絕無可能。所以說鬼片都是騙人的，哪有可能手無縛雞之力的女人死掉後就力拔山河，不下呂布，飛天竄地，無所不能。

死人這麼厲害，還要活人做啥？

狼狽的左支右絀，我一面狂吹哨子。金髮青年用軍刀將我壓制在牆上，我只能使盡力氣拿黑雨傘和他僵持，因為離得太近，我瞥到他的耳朵……居然只有一半。

呆了一下，所以他拔槍我來不及躲，就朝著我的臉扣下扳機。

我緊急脫離還是狼狽不堪，式紙被打個正著，起火燃燒了。他還不依不饒的開了好幾槍，我和支離破碎的狼人同時尖叫起來，一整個淒慘又淒厲。

正在抱頭鼠竄之際，灼璣秉持著「大俠定律」姍姍來遲，幸好我還沒死（是說我早就死了），但我的心反而提了起來，他從懷裡拿出仿沙漠之鷹的靈槍……而且是兩把。在毫無遮蔽的小巷，互相射擊，像蜘蛛人或蝙蝠俠般飛簷走壁。

剛剛只是被狙擊，現在則是一整個槍林彈雨。

據說因為我當初死得太快，所以五感猶存，我又特別怕痛。雖然已經散形以自保，挨了槍子兒還是痛得要命。那個被劈成兩半還砍了手腕的狼人沒死，歇斯底里的哭到流鼻涕，我只好一手拖住他的頭髮，一手拖住他的腳，奔出射程外，硬在巷口布下結界。

其實就是貼上灼璣之前畫的符而已。

我依舊膽寒的保持散形霧樣的狀態，隨時準備拔腿就跑。但看起來Boss還應付得了，驚魂甫定後，我仔細端詳金髮青年。

真是漂亮的……生物。我突然無法定義他的種類。我只能確定他是活著的，卻無法說他是人類……或者說他不是人類。

氣息不對，靈魂也不對。

當然，他外型是個英俊的男孩子……但有些東西不對勁，很怪異。他的槍管很細，扳機很古怪。雙排釦大衣，領子上有軍徽，腰上繫皮帶。

……這好像是軍服，而且是外國軍服。

他不敵灼璣，卻也全身而退。氣息幾乎是立刻消失……連灼璣親手做的追蹤雷達都偵測不到……他的小點就啪地消失了。

灼璣回來的時候，我試探性的問，「Boss，你殺了他？」

「沒。」他聳肩，「不見了。」

……這還真是沒有過的事情。

被追捕過的厲鬼都罵灼璣是狗皮膏藥，貼上就扯不掉，不死不休。他自己是說，因為懶得追第二次，乾脆一次追捕到底，省得以後麻煩。

但我跟了他兩年，沒見過他失手。

「你失手了？」我想確定。

「對啊。」他滿不在乎的回答，「凡事都有第一次嘛！」

望著青年消失的方向，我思考了起來。奇怪的生物。不是人也不是眾生，但又不能說完全不是。

「唷，」灼璣戳了戳我的臉頰，「長生，妳發情囉？」

我撿起摔破的牛奶盒扔在他臉上，看能不能熄滅他莫名其妙的幻想。

「嘖，這有什麼好害羞的？」他沒有生氣，還舔了舔滴到唇上的牛奶。「飲食男女，人之大欲。」

……這傢伙沒救了。我跟這樣腦殘的公務員生氣，是我智障。

正想回答他我死到不能再死，不但不能吃喝，而且喪失男女問題的煩惱時，躺在地上的狼人鬼叫起來。

我將他下半身拖過來，兩邊的傷口擺在一起，把斷掉的手腕遞給他。那狼人傻眼了，「……就這樣?妳不救我嗎?!為德不卒啊為德不卒～」

外國的狼人拽個屁文。

「反正你們生命力強，恢復力很變態。」我聳肩，「何況我又不知道始末，你是壞人也說不定。」

「……妳這是種族歧視！」狼人氣急敗壞的大叫，「這是大人類沙文主義啊！我要告到種族平等委員會去……不對！我要告上冥府……」

灼璣難得勤快的拿徽章給他看……那狼人非常適時的暈死過去。

原來冥府獵手可止小兒夜啼是真的。

灼璣硬把我裝在傘骨歪掉的黑雨傘裡帶回去，我也因此閃到腰，站都站不直。他吵著要喝牛奶，我用奶粉泡了一大杯給他……他喝得非常悲壯，像是給他喝硫酸似的。

喝了兩天奶粉泡的牛奶……他投降了。乖乖走出大門自己買去……卻買到三門冰箱裝不下。我腰痛到心情很惡劣，根本不想問他後來怎麼處理過期的牛奶。

讓我更困惑的是，我終於查到金髮青年穿的是哪國軍服……那是二戰時代的德國軍服。大衣款式，雙排釦，領上別軍階，腰間繫腰帶，足踏軍靴，他的手槍則是魯格（Luger）P09。

我不懂。一個奇妙的生物，穿著二戰的德國軍服，佩戴二戰的手槍，出現在二十一世紀的台灣？

為什麼？來幹嘛？

我跟城隍聯合出入境管理系統查詢，不管是德國鬼還是德國妖怪，都不是這個可疑生物。我查了《世界種族百科全書》，也不見哪種種族有切掉一半耳朵的習俗。

本來我是可以撇開手的……如果沒人通報的話。

但端午過後，北府城隍的主簿，親自挑了一擔的檔案來，台北市發布了紅色警戒。主簿大人說，城隍爺本來要親自來的……但他挨了金髮鬼（主簿大人取的綽號）兩發子彈，在府裡養傷。

……襲擊台北市長官，這可就很嚴重了。

但連狗皮膏藥……我是說灼璣都會失手，要怎麼抓這個奇怪的生物呢？我傷腦筋了。

北府城隍是夜間暗訪的時候被襲的。

但為什麼被襲，卻也說不出所以然。當然他們轟轟烈烈的追查過，卻什麼也查不到，只有整個台北市雞飛狗跳、怨聲載道。

抓了幾個小蝦米，卻連一根金頭毛都沒瞧見……這才把檔案送過來。

然後我被如雪片般飛來的檔案淹沒了。到處都有金髮鬼打傷眾生的報告，半個台北的土地公發特件給我。

懶在家裡不肯動的灼璣被我踢出門查案子，牢騷滿腹，但我知道他會認真……就因為他懶。可他就找不到。

直到我把受害地點標出來，才發現有奇怪的地方。

根本就是沿著南京東、西路發生的。有幾個時間點可能誤報，順下來幾乎是用穩定的速度來回掃蕩。

我不懂，只能如實回報城隍府，讓他們發布消息禁止接近南京東、西路。的確，這樣幾乎停止了大部分的襲擊，然後松山區和台大附近的襲擊事件凸顯出來。

灼璣守株待兔的在南京東、西路的交界等過，逼出來一、兩次，卻又讓他狡猾的逃脫。灼璣一反懶惰的樣子，非常興致勃勃，直嚷難得的對手，卻再也不出現了。

「可他很奇怪，明明活著，卻有亡靈的味道。」灼璣困惑的說，「一旦逃脫，味道卻徹底消失，太奇怪了。」

我重新看了一次地圖，「Boss，你覺不覺得像是掃除路煞？」我只有作醮的時候才會看到這樣壯觀的掃蕩。不過一般厲鬼邪魂都知道要作醮，有點腦子的都會走避，只有那些腦袋爛掉的才會在那兒螳臂擋車。

「……掃煞？」灼璣突然眼睛一亮，神祕兮兮的要我連絡台大醫院的地基主，要祂密切注意所有有天賦的人，並且把那隻狼人抓回家嚴刑拷打。

……灼璣不是一個很有人權觀念的人。

不過這套對付狼人還滿有效的，最少被拔光了尾巴上所有的毛之後，肚子上還縫著線的大野狼哭著招了。說他在德國看上了一個東方來的「小紅帽」，一路跟蹤到台灣，卻沒想到原本虛弱的守護者變得如此強悍，讓他差點死掉。

「小紅帽是吧？」灼璣點頭，「該死的戀童癖變態。你起碼違反了十幾條國際眾生法和德國妖精與怪物刑法。」

「我是德國的怪物，你沒有權力審判我！」狼人尖叫了，還很沒種的痛哭流涕。

「沒錯，按國際協議，是該將你引渡回德國……」灼璣不懷好意的笑。

我做了好多文書作業，真的好多。重點是我不懂德文，還是北府城隍支援我一個翻譯才弄完那些文書。

灼璣慎重其事的將狼人丟到一個貨櫃裡，不但焊死，還書滿符咒，相信他插翅也難飛。挑了個最慢的海運，讓恐水的狼人漂泊很久很久才能回到德國妖怪管理處。

……Boss不但沒有人權觀念，而且心腸很黑。

後來聽說那隻狼人回到德國，哭叫著要去監獄，去了就不肯出來。日後還有害怕人類的後遺症，非常可憐。

我真的很想寫信告訴他，灼璣的人類血統只有一點點。但我不懂德文。

* * *

台大醫院的地基主找到了「小紅帽」，是個非常可愛的小女孩。她雙目失明，卻因此得到額外的天賦。

她一直以為地基主是個親切的大哥哥，很神祕的告訴他，「奇怪，大家都說麥克是狗……他明明是人。大哥哥，你告訴我，麥克好不好看？」

對的。她的導盲犬很神奇的，是隻杜賓犬。

原來如此……所以他的耳朵切掉了一半。杜賓犬幼年時都得修整耳朵和尾巴。

他們差點就在台大醫院大打出手，鬧出什麼靈異事件……萬一這樣，灼璣又要被扣薪水和預算了。幸好這傢伙難得的有耐性，還下戰書決戰紫禁之巔……

我不知道國父紀念館的屋頂叫做紫禁之巔欸……你再掰啊！欺負德國來的亡靈不懂啊?!

這場決戰真是驚天動地、飛沙走石、槍林彈雨……打壞很多琉璃瓦，坑坑巴巴的，我都不知道怎麼掩飾。逼不得已，我讓亞熱帶的國父紀念館附近下了場史無前例的冰雹，並且寫了三尺厚的悔過書和善後報告。

我恨寫報告。

麥克和Boss打了那場害苦我的架以後，不打不相識，非常惺惺相惜，還帶來家裡喝牛奶（？）。

後來灼璣告訴我始末，我才知道，一切都是文化差異性的誤會。

麥克是死於二戰的德國少年軍官。死得太早，還沒來得及染上罪惡，但他的確是個納粹軍官。於是這個尷尬的孩子，上不了天堂也下不了地獄，就在人間飄蕩。

直到這個別有天賦的東方小朋友邂逅了麥克，引發了德國男人的浪漫，很有騎士精神的成為她的守護者。狼人的覬覦讓他大為緊張，但亡靈和狼人真不是一個檔次的。

剛好小紅帽的小狗猝死，重傷的麥克和眷戀的小狗心靈重疊……於是出現奇異的借屍還魂。

後來小紅帽帶著麥克回台灣了，中文不靈光的麥克，被追來的狼人搞得緊張兮兮，重得肉體又奇異妖化的麥克，毫不客氣的掃蕩了就醫沿途的所有眾生……包括倒楣的城隍爺。

所以說，正確的溝通真的很重要。趕緊把中文學好吧，麥克。

但國有國法，家有家規。

不管麥克有多少不得已，他還是襲擊了台北市長官，必須接受法律的制裁。

但把狼人引渡回去坐牢的灼璣，卻要我幫麥克辦台灣居留權。

……首先我得遞交文件給北府城隍。你想北府城隍恨不得把麥克抓來下鍋，會肯給他什麼居留權？

「等等，不是應該先把麥克引渡回德國嗎？」我張目結舌。

「我們跟德國有邦交嗎？有什麼引渡的義務？」灼璣閉著眼睛，懶洋洋的問。

你這個執法人員怎麼這麼雙重標準?!

「北府城隍那關就不會過的！」我嚷起來。

他把徽章扔到我的桌子上，「他敢不過？拿這給他看！」

……你到底是冥府公務員還是流氓?!

我抱著腦袋燒，非常苦惱。畢竟要達到Boss的希望，又不得罪行政長官，困難度可能是SSS級。我知道我總會想出辦法的……但我很悲傷。

別人是人死債爛，我是人死債不但不爛，還會無性生殖，分裂得很歡。

「我是不是哪輩子殺你全家？」我疲倦的問。

灼璣想了一會兒，「說不定。需要我回冥府調檔案嗎？」

我把牛奶盒扔在他臉上。打開word，痛苦而絞盡腦汁的寫申請居留書。

這篇的創意來自《恐怖寵物店》的帥哥杜賓，並非原創。只是當初看了很喜歡，覺得這樣而已太可惜了，所以衍生。

因為不是我自己的創意，特別說明之。

之二 厲鬼

我陷於永無止盡的公文旅行中。

台灣居留權可以說是全世界最難申請的資格之一，其難度不下於萬里徒步長征。我的身邊攤開好幾本厚厚的資料書，電腦開滿查詢視窗，花了一整個月，才勉強通過北府城隍的初審。

要說服北府城隍別把麥克下鍋，而是給他申請居留權，說來都是滿腹血淚。

最後我是拿麥克的物種屬於「未知」這點說服他。「想想看，大人，您仔細想想。」我頂著夏日豔陽親自上門，「他的核心屬於亡靈，藉助犬類借屍還魂，卻又額外妖化！這是絕無僅有，世界的獨一個！我翻遍所有現有文獻都未曾查獲過這樣的物種！」

我很清楚北府城隍。他人很nice，就有一點點小小的虛榮心，可這虛榮是為了光耀台北市，你能責備他嗎？所以我勸誘著，「您想想，想想看……世界僅有的海外孤本，就在台灣台北居留！將來確立他的物種時，首先發現地點就是台灣台北……首長是您！這完全可以寫進《世界妖怪百科全書》的新版本裡頭！」

他動搖了。

「……這狗崽子會配合學術研究，對吧？」他遲疑的問。

「我可以安排訪談。這完全沒有問題。」我很快的說，「不過你也知道世界妖權委員會很活躍……我不能安排侵入性醫學調查，這您一定知道的。」

「頂多就一些毛髮和表皮組織。」他開始討價還價。

「毛髮絕對沒有問題……表皮組織我可以跟他談看看。」我趕緊打蛇隨棍上，「但首先他得正式得到居留權，才能請他配合學術訪談。」

北府城隍踱來踱去，輕輕摸著臉上的洞……這就是麥克不厚道的地方，打人不打臉，一定要跟他再好好談談。

「他是個罪犯！」北府城隍餘怒未消的說。

「相信我，真的就是文化差異性的誤會……他不太懂中文。他的主人跟他交談都用德語……洋鬼子，能期待麼？我的Boss已經罰他義務勞動了……他得無償配合維護台北市治安，有需要的話。當然，在您治下，台北市一直都很平靜，世界數一數二的治安優良。」

他終於笑了。輕輕嘆了口氣，「為了學術的更上一層樓。妳知道的，知識就是力量。雖然給他特赦，長生，下不為例。」

我雙手合十，「太感謝了……大人，您真是太睿智、太大量了。」

過了最艱難的一關，後面就簡單多了。只是，我對這樣會打官腔的自己，感到一絲絲的悲傷。

灼璣只要動動嘴皮子，我就得做個半死，還得肉麻兮兮的逢迎拍馬……連死後都脫離不了被上司壓榨的命運，哪是淒慘二字了得？

但我在辦麥克的居留權忙得要發瘋時，灼璣不但沒有內疚，反而很心安理得的天天倒在沙發上效馬鈴薯狀，盯著世足轉播揮拳頭、喝牛奶，不然就是臉上蓋著書睡覺。

就是因為居留權申請占據了我所有的時間，沒空篩選案件了，他樂得偷懶。

基於報復的心理，等麥克的居留權正式下來，憋著一口氣，我沒休息幾天，而是發了幾十張案件單把他踢出大門，我想不到中秋他是回不了家了。

直到這時候我才倒下來躺了幾天。

當然，身為厲鬼，我不但不能吃喝，甚至不能睡覺。可我五感猶存，比起鬼魂，我心理上更像活人。這樣其實很不好。

雖然沒有肉體，也不再有需要，但我心理上還是需要飲食和睡眠。想想看，若一個活人十年、百年的不給睡覺，結果往往都很恐怖。

剛死的那一年，我熬得痛苦極了，差點崩潰。飲食的問題還能緩解，若是燒香奉請，我能嚐到味道，但睡眠真的就沒辦法。最後灼璣想到辦法，教我將神識「順」進書籍中，代替做夢，我才模擬式的得到睡眠。

我選了《魔法活船》，睡了幾天才恢復精神上的疲憊。

等我醒來的時候，打開電視，瞠目看到幾起街頭殺人事件。沒有預警、沒有理由，突然有人發狂，沿路亂砍亂殺。

當中還有個悍不畏死的記者拍了段實錄。我發誓，那個凶手……有兩張臉。另一張臉，我很熟悉。

我衝往地下室，灼璣聘僱的厲鬼文書面無表情的抬頭看我，但只剩下兩個銬在椅子上，還有四個……不見了。

鎖被燒開了，這是符力所為。

這都是超過一甲子的厲鬼學姊學長……我才死兩年。

真的完蛋了。

我第一個念頭是趕緊打手機給灼璣，但打不通。我才想到他追捕的範圍往往是高山峻嶺，沒有訊號是正常的。

如果我修為高一點，就可以用比較非現實的方法連絡他……可惜我才死了兩年，能夠凝形接觸到現實已經是天賦異稟，其他的我一概不行。

我只能藉助灼璣的玩具。一面拿取裝備，一面很哀怨。我是內勤啊，老天。為什麼我還得去做外勤的工作……

而且我連普通鬼魂的初心者都算不上啊！搞啥啊！

雖然牢騷滿腹，我還是趁著夜色喚了幻影貓飛奔而去。

這隻幻影貓是灼璣從他的影子裡拎出來給我當座騎的。因為我就是很悲催的，能夠觸碰現實，卻不會飛的厲鬼。任何一個十歲小孩都可以跑贏我，你看有多悲哀。

所以灼璣從影子裡拎出一隻大貓（不要問我怎麼辦到的，我哪知道），平常我寧可步行，逼不得已才會喚牠。因為牠跑得很顛，我會暈車（還是暈貓？）。

盯著雷達，在我吐之前，找到離我最近的逃犯。

我知道鬼片都把厲鬼拍得上天下地、無所不能，但我要說，那是錯的。除非是像我這樣無憾無恨、極度倒楣的假厲鬼，或者是得到修道者或邪物的幫助，被憎恨和痛苦覆蓋大部分正常心智的厲鬼，其實是有些像重度精神分裂的病患。

他們要如人般碰觸到真實，連在台灣這樣特殊的地方，都得花上一甲子六十年，心智才能從憎恨和痛苦中清醒，足以統合到碰觸物體，剛開始，連拿片葉子都吃力。等能夠造成靈騷現象，那可能是一、兩百年後的事情了。

但厲鬼的仇恨通常都很執著而專一，他們的仇家實在沒辦法活到他們足以報仇的時候。這就是為什麼厲鬼嚇人的事件很多，因為他們專一而執著，足以影響比較敏感或有天賦的人，但真實的案例卻很少的緣故。

大部分的厲鬼被拘回冥府，通常都會尋求法律途徑走「冤親債主」路線，自了私仇的並不多。

不過，就像人類這種生物都會出現連環殺手那種變異體，眾多厲鬼也會出現那種極度凶殘的品種，屬於技術成熟卻非常精神分裂，會瘋狂的濫殺無辜。這才是冥府獵手的首要獵捕對象，有的甚至嚴重到要當場格殺。

我這些逃跑的學長學姊，事實上是屬於「半熟體」，就是初步掌握觸碰現實的能力，但神智還不太清醒。不過你知道的，打字算反射性動作，不太需要神智和腦力。

他們唯一能夠危害人類的方法，就是「附體」。不過也得宿主精神狀況非常差，本身有精神疾病或隱患，或者受到極大的打擊，他們才能趁虛而入。

但讓我最納悶的就是這個。學長學姊處於弱智狀態，附體頂多像是急性精神分裂，並且讓宿主因為戾氣而重病，甚至可能喪生……但不可能這麼發狂。能讓灼璣看上並且聘僱的，通常都是比較軟弱（相較之下）的厲鬼學長學姊，不會暴力到這種程度。

可等我趕到現場，那個翻著白眼、口吐白沫的宿主，手裡亮晃晃的菜刀滴著血，那個厲鬼學長吐著長舌，咆哮著在他腦後蠕動。

厲鬼學長腰上的長鎖鏈不經灼璣親手是打不開的，但我們都忽略了鎖鏈鍊在椅子上時，鎖頭是相對脆弱的一環。

長長的鎖鏈透體而出，拖在地上。這是處於虛幻與真實間的法器，凡人看不到。但因為有這鎖鏈的關係，附體也難以完全。

我很緊張，真的。若是我還有汗可以流，應該汗濕重甲。為了避免瞧見我的凡人發作心臟血管疾病，我將一張符叼在嘴裡，能夠讓大部分的活人都忽略我的周圍。咱們台灣分局的預算已經不多了，不能因為驚動凡人再被扣了。

咬了咬牙，我衝上前拽住長鎖鏈，試圖把學長拽出來。宿主加上厲鬼學長的力氣真是大得要命，我差點被拖倒。要不是幻影貓咬住我的後腰，幫著使力，我還真的敵不過。

「阿貓！不要咬那麼用力！我會痛的！」我眼淚汪汪的叫。

「妳早就死了，還痛個屁。」那隻大貓很輕蔑的傳音，使勁往後拽。

說得也是……但死得太快能怪我嗎？我也不想要五感俱存好不好?!

兩下使力，在大馬路上就拔河起來。就在拖出一大半的時候……我困惑了。學長身上居然繪滿沒看過的符文。

但他的宿主將充滿血絲的眼睛轉向我，異常猙獰的撲上來，揚起菜刀。使力過度，我和阿貓一起跌在地上，學長又快重合進宿主的身體裡了……

抓起背後的散彈槍，緊張過度的我，轟了三槍。

那個宿主僵住，緩緩倒下，卻沒有流出一滴血。但他的靈魂被波及，被轟了五、六個小洞……理論上會痊癒（吧）。

而厲鬼學長被轟得很遠，漏得跟篩子一樣……向光應該很亮。

……灼璣的玩具都是這種怪東西。明明他符法很強，妖力高深，道術也不錯。他就愛跟枉死城那些軍火狂研發這些鬼東西，所有的薪水都撲在上面了。

喘息未定，我小心翼翼的用槍戳了戳學長，幸好還會蠕動。這些聘僱的厲鬼學長學姊都是「受刑厲鬼再生計畫」的受刑鬼，在聘僱期間魂消魄散的話……需要寫的報告書比我還高。

他身上的符文蠢蠢欲動，看久了不但頭昏，而且噁心。但被散彈槍破壞了圖形，漸漸失去活力。

疲倦的扯住長鎖鏈，將學長收進黑雨傘中，我這才發現我的手臂發麻，這該死的槍後座力這麼強。

這把當然也是仿製的靈槍，子彈是Boss為我預先凝製的靈彈。本來他還幻想要把我訓練成什麼神槍手，可惜我的準頭很令人絕望。他只好給我散彈槍，覆蓋面積大，亂槍打鳥總會打到對吧？

但怕我誤殺凡人，所以特製靈彈只能洞穿魂體……反正活人的靈魂穿幾個小洞死不了，大部分的人不用挨我的槍子兒就千瘡百孔了，不差多幾個。

終於抓到了一個。為了抓這一個，我不但手臂麻掉，後腰被阿貓咬穿幾個牙眼兒，還摔疼了屁股，早已停止的心臟心悸不已。

還好我沒有腦血管，不然會嚇到腦溢血。

取出雷達，我想看其他三個在哪。就在我放大到整個台北市的範圍，也偵測到他們的蹤跡時……突然熄滅了一個，雷達顯示了一行小字：已消滅。

……一人高的報告書等著我了。

用最快的速度趕到事發現場，我從阿貓背上翻下來時，蹲在地上乾嘔了好一會兒。

「我聽過暈車，還沒聽說過暈貓。」阿貓斜著眼很不屑的說。

……我一定要Boss幫我換一隻座騎……不然給我台摩托車也行。

等我抬頭，剛好跟麥克美麗的藍眼睛對視。我心底不妙的感覺節節高升，再看看他的軍刀和地上僅餘的長鎖鏈……以及圍觀騷動的人群，我呻吟了一聲。

「麥克，告訴我，那隻厲鬼不是你斬滅的。」我絕望的說。

「女士，是我斬滅的。」他挺了挺胸，非常嚴肅的承認。

我矇住眼睛，知道不能怪他。往他額頭貼了張符，急急的把他拖走……馬上打電話給北府城隍。

有好消息也有壞消息。

好消息是，北府城隍的刑官們幫我抓到一個學姊；壞消息是，北府城隍暴跳如雷，要把造成騷動的麥克煮成狗肉火鍋。

說得口乾舌燥才安撫住暴怒的城隍大人，同時苦口婆心的勸麥克要遵守律法。厲鬼邪魂說穿了是冥府的行政疏失，所以在處理的時候更不應該擾亂人間，這也是眾生默守的首要規則，因為人間屬於人類，眾生都是客居。

「我不是給了你幾本《眾生適應手冊》嗎？」我不解了。不要觸及麥克的逆鱗，其實他是個溫和有禮的好孩子。

「中國字很難，我還在學習。」他回答的很誠懇，「不過小姐說我學得很快。」

我啞口無言。他的小紅帽小姐還是個瞎子……這算問道於盲嗎？

「……你等你家小姐睡了，來找我好了。」我實在沒辦法罵他，「我給你講講。」

「謝謝妳，女士，妳待我真是太好了。」他有禮的親吻我的手，「抱歉，小姐在找我了……」

「後會有期。」我擠出笑臉。

反正一人高的公文寫定了，罵他也沒用，對吧？

「不是因為他長得很漂亮？」阿貓賊笑起來，我毫不客氣的朝牠腦袋巴下去。

再看雷達，最後一個小點不見了。擴大到全台，還是找不到，而天空已經濛濛亮了。

即使附身，厲鬼也不喜歡在陽光底下奔波。我決定晚上再出來找，先回去再說。但我卻沒如我希望般回到安全的辦公室。

就在辦公室不遠處，我和阿貓踏入陷阱。原本就是影子凝聚而成的阿貓被突發的強光擊潰了，我被炙燒得大叫，咽喉一緊，來不及拿散彈槍，就已經被擲遠了，並且被掐住咽喉壓在地上。

「要引出妳還真不容易啊……完美的死亡之女。」一個黑到不能再黑的人類對我笑，口裡吐出厲鬼的氣息。

找到最後一個學長了。我要寫的報告書卻增加到兩人高。

「Papa Nebo。」我終於想起那些看不懂得符文是啥玩意兒。我查資料的時候瀏覽過，那是巫毒教特有的符文，只有高明的巫毒法師才知道如何使用。

「太神奇了。」巫毒法師笑著，「我只聽說過，卻沒想到有神智保存的這樣完美的死亡之女。中國人真神奇啊……」

「你中文說得不錯。」我緊張的笑笑。

「為了研究中國的死人，我花了二十年的時間……」他逼近我，害我得屏住呼吸，太噁心了，「現在覺得非常值得。」

洋鬼子就是洋鬼子。未知生，焉知死，花那麼多年研究死人純屬浪費生命……反正總會死的，能研究的時間長得很，而且照他造的孽還可以參與十八層地獄博士班。

「……我不懂，我們辦公室的防護非常好……」我想散形逃脫，卻被符文困住，太陽已經出來了，我覺得五內俱焚。

「親愛的……」他更噁心的摸我的臉，「動物都是我的好朋友，老鼠也不例外。很簡單的……死人也渴望自由。接受契約以後，我會給他們毫無保留的自由……但我找不到妳，達令。妳去哪兒了？」

死掉的老鼠才是你的好朋友吧？我後悔了。灼璣就說過，該把地下室的老鼠都清掉，是我覺得上天有好生之德，沒礙著就算了。結果成了一個安全上的漏洞。

大概事先弄死老鼠變成殭尸，然後讓那些殭尸老鼠偷渡足以燒掉鎖頭的符文進去，再和那些弱智的學長學姊簽下契約。

如此迷戀死亡的活人，真可笑。

「你操縱他們去殺人。」我瞪著他。

「人皆有一死。」他笑出一嘴礙眼的白牙，「痛苦只是一時的。臨死前的刺激越強烈，復活後就越強壯……達令，妳會懂的。」

「我想，她不同意你的觀點。」幾把尖銳狹長的刀刃搭在巫毒法師的腦袋上，灼璣的笑非常猙獰，「光天化日之下非禮我的女祕書不好吧？足以引起國際糾紛……」

眾多刀刃像是切豆腐一樣切入巫毒法師的腦袋。灼璣這次沒有用槍，而是戴著恐怖片角色佛萊迪的刀刃手套，飛快而殘酷的切割過巫毒法師的身體……直抵靈魂。

不是血漿亂噴的場景，卻乾淨得恐怖。我不知道人類的靈魂可以割得這樣碎，肉體無恙，靈魂和精神破碎紊亂，死掉以後沒有轉生的可能。

我嚇得叫不出來，任灼璣把我拖進屋裡。

「妳不覺得很酷？」他動了動戴著利刃手套的手指。

我嚇哭了。

「……好吧。」他悶悶的嘆口氣，脫下手套。

之後他就沒再用過那雙手套了。

之三　同事

向來官僚顢頇的冥府偶爾也有迅速的時候。

像這次學姊學長脫逃事件，發生沒有兩天，懲處就下來了。Boss的停薪三個月，半薪六年就不要講了，預算更是砍到維持分局基本開銷和我的薪水就很勉強了，我不知道要去哪弄出差費用。

在我煩惱兩人高的報告書之前，就得先煩惱經濟問題。我只感到一種孤寂的絕望，因為Boss只會老神在在的躺在暖洋洋的夏日陽光下打瞌睡，根本不在意。

聽說他以前沒錢花的時候就到處蹭飯，非常無賴跟無恥，一點都不會羞愧。各地城隍和土地隱忍過去就算了，但他連人家教堂都好意思去白吃白喝白住，大剌剌的拿人家的聖水亂灑、凹人家的銀十字架去鎔做子彈……

家醜不可外揚，我真丟不起這個臉。按了幾天計算機，我還是決定解雇倖存的兩個學長，讓他們跟著押回來的逃犯一起回冥府去。

荷包受不了是理由之一，更重要的是，再來一個神經病拿著臨時僱員搗亂，台北分局只好宣告破產。

我以為Boss會生氣，他卻只懶洋洋的說了聲「喔」，「妳拿主意就好了。」

嘆了很長的一口氣，我頹下肩膀走到電腦前坐下，瞪著word發呆。我還不知道要怎麼報告那兩個學長的死因，還得評估和整理他們的工作狀況，數不盡的表格要填。

而且以後所有的文書作業都得我一個人做了。

「喂，長生，妳行嗎？」灼璣終於發現我一個人得做七個人的工作了，「不行的話我再去抓幾個幫忙……」

「不用！」我厲聲阻止，「我自己來！」

經過這次事件，我發現我完全沒有看家的能力。而這世界最可怕的不是腦缺的厲鬼同學，而是心懷不軌又神經病的人類。

我寧可慢慢累去，也不想再有什麼空子給人鑽。

灼璣聳聳肩，「長生，妳是個勞碌命。我們還是退休吧……我想去血池開個小旅館不錯。」

「我恨洗被單。」

「那就開家讓客人自己洗被單的小旅館好了。」

我沉默的倒了杯冰牛奶堵他的嘴，繼續埋首工作中。兩個學長的死亡報告、重生計畫評估報表、麥克的居留評估……該死的農曆七月又快到了，得審核各地城隍送上來的加強治安計畫加以建議和評估……

當然，還有日常的文書作業。

我已經很久沒辦法享受睡眠了。灼璣對我的臉嘖嘖稱奇，因為我出現鬼魂不該折騰出來的黑眼圈。

他抱怨，「長生，妳弄得像是中東婦女就夠糟糕的了，加上黑眼圈，看起來更讓人憂鬱。」

我頭也不抬的運指如飛，「Boss，回教婦女是不給人看臉的。」

「妳那哪叫做臉，叫面具。」他晃著杯子裡的牛奶，「是回教婦女沒錯。」

我把原子筆扔進他的牛奶杯裡。可惜我還沒找到哪買得到王水，線上網購也買不到。

不過我去浴室洗臉時，看著自己，不得不承認灼璣說得沒錯。白皙少血色又沒表情的臉孔，襯著籠罩濃重黑霧的長髮和身影，只伸出慘白的兩隻手……完全像是穿黑袍的回教婦女，只是沒戴面紗而已。

女人誰不愛美，生前死後都一樣。但我的薪水……真的不高，而違約金是個天文數字。終究我還是期待能進入輪迴，重新投胎轉世，而不是一直當個腳不著地的厲鬼。

其實我也知道，灼璣說說而已，我若真要走，他也會讓我走，不會跟我要違約金。

但合約是我自己簽下來的，誰讓我不看清楚？

我該負起責任。

匆匆洗好臉，轉身不去看鏡子。死都死了，看什麼鏡子，沒出息。

＊　＊　＊

就在我埋頭苦幹，昏天暗地之餘，主簿大人上門拜訪了。

「……主簿大人，我該給你的文件應該都出了吧？」我驚嚇了。難道我有什麼又漏了嗎？

「哈哈，長生，別緊張。」主簿大人和藹可親的安撫我，「沒事兒，就算有點小錯，我也幫妳改了……我知道你們人手嚴重不足，所以……」他招呼跟在後面的少女，「杜蕊，叫謝姊姊。她可是台北分局的首席祕書呢！」

……當然是首席。除了我以外還有別人嗎？

名為杜蕊的少女，穿著高中生的白衣藍裙，不太感興趣的抬眼看我，非常敷衍的點點頭。

她身上沒有什麼戾氣……甚至小有道光，生前應該是修行過的，陽氣還重，新死不久吧？不過沒入輪迴應該是陽壽未盡，應該在枉死城待著，跑來幹嘛？

主簿大人把我拉到一旁，小聲說杜蕊是城隍祕書生前的女兒，看她在枉死城可憐，送來這兒打工，還可以攢點福報，將來轉世也好過些。

「……去城隍府打工不是薪水比較高？」我困惑了。

主簿含糊了一會兒，「……咱們大人說一是一……」

敢情是城隍爺鐵面無私，我這裡比較好鑽空子？

「反正妳忙成這樣，多個工讀生有什麼不好？」主簿很努力的說服我，「杜祕書妳又不是不認識，大家都這麼熟了……小姑娘很伶俐聰明的，不聽話妳儘管指導！」

……我一個僱聘人員哪裡敢指導行政官員的女兒？別鬧了。

「這事要問我們Boss，我不能作主。」我乾脆把問題踢給灼璣。

沒想到正中下懷，主簿笑得很開心，「呼延大人說，妳沒意見，他就沒意見。」

杜蕊就這麼留下來了，一臉的不甘不願。青春期的女孩子不好對付……雖然說叫她做什麼她也沒抗議，只是消極怠工，還老拿白眼看人。

這是增加我的工作，不是減輕我的負擔。

但她的消極怠工只維持到看見灼璣的那一刻。她微微張著嘴，雙頰緋紅，眼神陷入無限痴迷中。

我上下打量Boss，也沒看出跟往日有什麼不同。他還是懶洋洋的倒在沙發上，「長生，冰牛奶，熱死了。」正眼都沒瞧杜蕊一眼。

我才倒好，杜蕊就搶去杯子，討好的捧到灼璣面前，「呼延大人，我叫杜蕊。」

灼璣沒接，皺緊眉看我，「長生，這誰？我的冰牛奶呢？」

我啞然片刻，從杜蕊手中接過去，塞到他手底，「Boss，主簿大人說，你答應收個工讀生。」

「我有嗎？」他懷疑的斜眼看杜蕊，「既然是工讀生，叫她去地下室的辦公室，別在客廳晃。」

我以為他這樣冷淡傷了杜蕊，哪知道她眼底的痴迷更甚，就是對我的目光不太友善。

現在女孩子的眼光真的很奇怪。我就看不出灼璣有什麼好，喜歡他的卻一大堆，活的、死的都有。

一個貓科動物似的混血兒。

跟他相處兩年多，我真的就這麼覺得。雖說他祖上有個水蛭精的女先祖，不過也只體現在只喝液體食物（血和牛奶……其實有某部分的接近）。雖然他從不提自己的事情，不過看他的一舉一動，我猜他有很大部分的貓妖血統。或者豹、獅子……我不知道，總之應該是貓科動物。

剛見面，都覺得他很冷淡、喜怒無常，充滿戒備。等相處久了，你就知道他徹底是個懶惰鬼，最大的嗜好就是睡午覺、喝牛奶。他對熟人的親暱都帶種頑劣的惡趣味，卻不是故意的。

但這懶洋洋的貓科動物，一旦戰鬥起來，就徹底變樣，非常狂熱而凶殘，簡直像是雙重人格。

我知道。因為我以前養過貓，還是性格非常惡劣，在我牛仔褲上磨爪表示親密的那種死貓。跟灼璣真是像得不得了。

灼璣比那隻貓好的，就是灼璣不會偷我內衣（雖然也沒內衣給他偷），然後藏到牠睡覺的地方。

我不懂怎麼會有人愛這種貓樣的男人。說煞到麥克那樣漂亮的忠犬我就能了解……雖然還是無望的愛情。

但杜蕊煞到了，還煞得很死。

這本來沒有什麼，但她把我當成假想敵，卻讓我苦不堪言。

當然，一開始她把敵意收得乾淨，甚至反常的親熱，纏著我喊姊姊，非常熱情和積極。

但她喊我姊姊，我就冒出鬼不該有的雞皮疙瘩。我生前又不是沒混過職場，非常了解這些小女孩的把戲。「姊姊」喊得越親熱，將來踩人上位的時候就越凶惡。

我知道，她這樣的自來熟，只是想爭取不去地下室的權力和設法打聽我的隱私。前者沒什麼問題，在哪辦公不是一樣？後者呢，反正我這人生前死後都很乏味，沒什麼可說的，也不算什麼。

在職場上，我喜歡偽君子遠勝於真小人。偽君子在捅你之前都會維持文明人的禮貌；真小人自以為真性情，張牙舞爪，其實只是阻礙工作的流暢進行罷了，捅你還不掩飾呢！

所以我對杜蕊，並沒有什麼喜不喜歡。她有禮貌我就有禮貌，最少她自來熟的時候肯好好工作，如果不要那麼吵就好了。

她不斷的說自己的事情，很自傲是某個大師的愛徒。說起來也真的值得驕傲，生在家境不錯的家庭，美麗聰慧的她頗受父母寵愛，又是獨生女。功課也不錯，上的是公立高中，一直名列前茅。

爸媽是那樣寵她，雖然她家距離學校只有三條街，媽媽還是每天接送。

我第一次和她起衝突，就是她憤慨的敘述自己死因的時候。

大概是我趕工趕到有點煩躁，所以沒把情緒控制好。在她抱怨母親太晚來接她，自己回家才導致車禍……責怪撞倒她的司機，責怪和她媽媽吵架耽誤時間的爸爸，責怪學校，責怪紅綠燈……

桌上有她的人事檔案，死亡原因明白的寫著：「闖紅燈」。

沒忍住，我嗤笑了一聲。

她馬上變色，「……妳覺得我活該是不是?!」聲音又尖又高。

「我沒這麼說。」我淡淡的回答。

「妳就是這麼想，你們都是這麼想！」她越發激動，「明明是我死掉欸！為什麼你們都怪我，通通都怪我?!……」

她慷慨激昂兼喋喋不休了十分鐘，我疲倦的把桌子收一收，絕望的看了眼外面的驕陽豔日，還是附上式紙、撐著黑雨傘，出去避難了。

我承認我不是好人，冷淡又無情。但她真的不是我的責任，我沒必要教育她，也不想教育她。

附近有個小土地祠，老土地跟我同姓謝，硬認我當乾女兒。我在便利商店買了罐小瓶的高粱和花生當伴手，找他下棋去了，就當作是偷得浮生半日閒。

雖然是把虎爺拉著一起下跳棋，說出來有點難堪……但也算是個愉快的下午。

回家以後，不出意料之外的，整個客廳像是遭了龍捲風，能翻的都翻了，能打破的都打破了。不過電腦和資料櫃無恙，我也只是聳聳肩，拿起掃把開始打掃整理，沒管在客房哭泣的杜蕊。

晚上她就梨花帶淚的跟我道歉，我也接受了。但她想跟我出去逛逛，我委婉的說，「這得問過Boss。」

不管她有什麼後台，從枉死城提調上來就不是自由身，不能在人間亂走的。

她很不高興，但沒再摔東西，也乖了一陣子。

或者說，灼璣不在的時候，她和我相處得就還可以。

但小女生嘛，你知道的，滿心不是打扮逛街，就是談男生。沒三句話就會提到灼璣，還旁敲側擊的問我和他是什麼關係。

「他是Boss，老闆。我就他家打雜的，就這樣。」

她滿眼不相信，「呼延大人很帥欸……我從來沒見過比他更帥的人。」

……孩子，他不是人。當然我知道妳的意思……只是妳見識太淺。不說其他，光說台北市就好，非人中還有個麥克，灼璣要往後排去。

但我把嘴巴閉緊，沒提起麥克。萬一這個春心蕩漾的少女也迷上麥克，真是災難中的災難……灼璣性子冷淡，最少中文靈光；麥克的中文非常不靈光，又對他們小姐珍之若命。一個弄不好，連寫報告書都擺不平怎麼辦？

不過，我發現，我把灼璣的脾氣估計得太好了。

他回家發現杜蕊還在客廳裡，就很不高興了，杜蕊還抱著他的胳臂撒嬌，磨著要灼璣帶她出去逛逛。

……她一定沒有養過貓。貓這種生物，喚之不來、呼之不去，全憑牠大爺高興。別以為給牠吃、給牠喝就會感恩了，想得美。牠不想跟妳玩的時候，硬去抱牠只會挨貓爪和貓牙。

灼璣雖然沒有咬她或抓她，卻把她往牆壁上摜。「長生！把她退回去，我家不要這種東西！」

杜蕊被冥府獵手一摜，雖然沒使妖力，還是砸到散形了，好一會兒才聚攏。愣了半晌，就大哭起來。「……她遠遠不如我，為什麼你對我這麼凶，對她那麼好？」

……小姐，他對我沒什麼好。追本溯源，妳就敗在沒養過貓。

灼璣根本不睬她，對我怒吼，「捆了送走！讓我動手可沒活口了！」

哭的哭，叫的叫，這屋子兩年多來第一次這樣熱鬧滾滾。

Boss都下令了，我只好打電話給主簿。這次杜祕書親自來了，卑躬屈膝，陪了無數不是。他說得聲淚俱下，我心都酸了。

杜蕊在枉死城待了二十年，杜祕書也在城隍府任職十八年。當初杜祕書會病亡，實在是痛失愛女才了無生趣的病死。原本照他累世福報可以投胎到富貴慈善之家，但為了這個女兒放不下，才去城隍那兒當個祕書。

可憐天下父母心，死後也沒辦法放下。

我對這種親情梗最沒辦法，只好軟語求了Boss，他餘怒未消的瞪了我一眼，「別說我沒警告妳！歡喜做就給我甘願受！」

雖然很生氣，但他也沒拒絕我的哀求。我不得不承認，Boss待我是真的不錯。

經過這一鬧，杜蕊消停了些。她總用可憐兮兮又痛苦愛慕的眼神看著灼璣，想盡辦法跟他搭話，不遠不近的跟著。

那陣子真是我認識灼璣以來，他最勤奮的時候。不用我三催四請，搶了案件單就往外跑。

但是灼璣不領情，關我什麼事情？杜蕊卻把矛頭指向我，尖酸刻薄的挑釁，讓我很煩。

本來我都能夠罔若無聞，可她居然燒掉我寫得要死的報告書。兩個學長的死亡相關報告，我足足寫了兩個月。

我大怒的質問她，杜蕊理直氣壯的說，「是妳先故意的！故意調開呼延大人，對吧？不要臉！呼延大人才不喜歡妳……」

……再也無法忍受這種驕縱任性、無理取鬧的小女孩了。

我拿起電話，她卻把我電話搶走，「妳想幹嘛？」非常的囂張。

「叫妳爸把妳帶回枉死城。」我冷冷的說，「我們廟小，請不起妳這什麼都對的大菩薩。」

她揑碎了話筒，低著頭，陰森森的說，「明明不是我的錯，可你們都怪我。」

我開始覺得她是個智障。冷笑一聲，「本來就要怪妳。可沒人逼妳闖紅燈，責任本來就在妳。」

她原本白皙美麗的臉孔，從正中間裂開，露出猙獰而腐爛的面目，滿口匕首似的利齒，對我發出忿恨的嘶叫。

我嚇得跟著尖叫起來。

終於明白，有個當城隍祕書的老爸，傾盡福報，為什麼杜蕊還是滯留在枉死城二十年。我也終於知道，為什麼她不就近在枉死城打工……明明有些微修練的鬼魂是很搶手的人力資源。

原來，杜蕊事實上是個厲鬼。

杜祕書真的很愛他的女兒，應該是傾盡累世的福報試圖清洗所有戾氣。可惜這個小姑娘不能體察父親的苦心，內蘊著強烈的憎恨，只有個外殼是普通鬼魂的模樣。我又經驗不足，被矇了。

迴異於電視或電影的漫長變身，杜蕊變身只花了一呼吸的時間，破開鬼魂的外殼，變成一隻讓我頻頻尖叫的怪物。長頸鼓身，四肢頎長，前臂似刃。要我說就像是變形的大螳螂，或是殘缺的四足蜘蛛，滴著腐敗的體液，流著銀白的口涎。

我嚇得腿軟。也幸好腿一軟，我往地板坐倒，所以她一擊未中，卻打爛了精鋼所製的檔案櫃。

好可怕啊媽媽！

我涕淚四溢的連滾帶爬，差點忘了我可以散形。就在她氣勢萬千的摧毀半個客廳的時候，我終於想起這回事了，趕緊散形求自保……卻被她一口咬住，痛徹心扉。

……忘了她也是厲鬼。妖魔等眾生對厲鬼不是太有辦法，但同樣是鬼魄之流，散形是無用的。她把我大腿的一塊肉硬生生扯了下來，對我威嚇的露出豎長的四排利齒。

慌亂中，我終於摸到Boss賞我的散彈槍，近距離的轟進她的嘴裡，讓她翻倒過去，發出尖利又恐怖的吼叫。

抓著散彈槍，我一跛一拐的衝向門口，大門卻在我眼前轟然關閉，一扇扇的窗戶也關了起來，空氣驟然緊縮，氣息遲滯，我的行動越發遲鈍。

結界？

我又想哭又想笑。杜蕊該學的不學，不該學的卻這麼精。明明遭遇不是太慘，那麼多車禍死掉的人，很多都是飛來橫禍，非常倒楣。人家早早認命，擦乾眼淚擁抱新生命，她這麼個自己闖紅燈找死的卻有這麼大的怨氣，自動自發升級成厲鬼。

所謂兔子急了也咬人，我雖然怕得全身發抖，還是閉著眼睛亂轟一通。Boss的兵器絕非凡品，也很讓杜蕊吃了些苦頭。

等我睜開眼睛，滿目狼藉，卻沒有杜蕊的蹤影。

喘著氣，我小心翼翼的往後門移動，緊緊握著散彈槍。我知道她還在，但卻看不到她的影子。

直到一滴混濁的體液，滴在我面前，落在地板上。

我抬頭，嚇得動彈不得。杜蕊爬在天花板上，像是鬼怪版的大法師小女孩，脖子轉了一百八十度。

真不敢相信那淒慘的叫聲是我發出來的……我不但慘叫，還哭了。理論上，Boss幫我填的子彈夠我連發不間斷打上三天三夜，不幸的是，這種高科技的靈槍也有弱點……會卡彈。

現在就卡彈了啊啊啊啊～

於是我被杜蕊撲倒，若不是我硬把散彈槍卡進她的咽喉，恐怕腦袋都讓她咬下來了。但不能阻止她撕爛我半張臉和掐住我的脖子。

魂飛魄散，似乎就在眼前了……

就在如此危急的摩門特，Boss非常大俠的姍姍來遲。他往散彈槍一敲，敏捷的扣下扳機，讓杜蕊從客廳這頭飛到那頭的牆壁上。

然後他從我的手底拿走散彈槍，投擲而去……活生生把杜蕊釘在牆壁上動彈不得。

我呆呆的看著面無表情的Boss，又看看在牆壁上尖叫扭曲，四肢不斷蠕動的杜蕊……眼前一黑，非常不鬼魂的昏了過去。

雖然很白痴，但我嚇病了。

剛醒來時，我縮在床角，拉著被單發抖。Boss試著安撫我，但成效不大。

「杜蕊……是個厲鬼！」我顫抖的喊。

「我知道。」

「杜蕊她……會變身，是個可怕的厲鬼！」

「我跟妳說過，不要同情她的。」

「是真的！她真的是、真的是……」

「長生。」灼璣無奈的打斷我，「妳也是厲鬼。現在被抓爛半張臉，就更像了。」

其實我完全沒聽懂Boss說什麼，一陣譫語後，我又人事不知了。

就這樣，我嚇得發高燒、胡言亂語。這真的不能怪我。我畢竟死得太快，精神上還太接近活人。而且我死沒多久就讓Boss帶回來打雜，很嬌生慣養（？），真正的厲鬼還沒看過幾隻，學長學姊又是智障，看慣了。

可我沒看慣杜蕊，生平最怕看恐怖片。

最後毫無辦法的灼璣只好幫我收驚，更沒想到死馬當作活馬醫還醫好了……馬上成了裡世界的都會傳奇。

更是刷新了冥府史的第一樁記錄：被厲鬼甲嚇到離魂的厲鬼乙，經過收驚痊癒的案例。

（……感謝記錄的司判還用代號，沒把我的名字擺上去丟人。）

我以為Boss會大發雷霆之怒，或者鄙夷的跟我說「早告訴過妳」。可他只是有些無奈，甚至非常勤勞的把毀得亂七八糟的客廳整理好。等我病好了第一件事情，是帶我回冥府整容。

「……Boss，你哪來的錢？」我驚嚇了。他被罰得一窮二白，我比誰都清楚。

他聳聳肩，「沒偷沒搶，妳放心就是了。」

但整容是很貴的……冥府整型大夫個個都是土匪強盜。我堅決修補就好，

Boss卻不幹了，吵了很久，若不是抗拒到底，他本來是要我整成歌德吸血鬼模樣……

我才不要！

最後雙方妥協的結果，是我依然是舊容顏，但身上的黑霧整掉了，成了穿著黑洋裝的女士。他啞口無言片刻，牢騷滿腹的說，「妳這不成了《玻璃假面》裡的月影老師？」

「哪有。」我氣定神閒的回答，「我的臉一點傷痕都沒有了，何況我還比她年輕很多。」

其實我是不想Boss花那麼多錢。只是我後來發現他哪來的錢時，我無言很久。

他居然賣掉了他最喜歡的魚腸劍。這把可是真品，他又用許多妖力去重新鍛過，是他最喜歡的兵器，非常珍視。

「……Boss，你怎麼把魚腸劍賣了？」

他把書往臉上一蓋，「我沒有喔。」就死都不開口了，裝睡裝得挺像的。

……完蛋。士為知己者死。Boss做到這種地步，豈不是我要永遠為他做牛做馬？

畢竟我早死了。

之後灼璣帶來了一個非常優秀的工讀生，大大減輕我的負擔後……我心知肚明，想「贖身」是永無可能的。

貓樣的男人真討厭。人情債還不完，而且越欠越多。

因為那個工讀生不是那麼容易聘請的，光她的「門神」就夠嗆的了。

沒錯，你猜對了。那個工讀生就是小紅帽小姐，名字叫做赭若卿，我都叫她卿卿，芳齡十五，生理上可以說是……盲人，領有重大傷病手冊可供證明。

但你想，能讓麥克一見傾心，愛若珍寶，豁出命來守護的「小姐」會是簡單人物嗎？無可能。

她的確是盲人沒錯，出生以來不懂什麼叫做「視覺」。但她對文字非常敏感，閱讀極快……打字速度是每分鐘一百三十個字，而且不是點字系統。

卿卿不但有著很神奇的天賦，感知非常靈敏，還有雙神奇的手。她能靠觸碰「閱讀」文字，不管是紙張還是電腦螢幕。

這招我只在電視上看到過，原本以為是騙人的。但我沒想到，可以看到一個活生生的ＥＳＰ超能力盲少女。

這是怎樣一個光怪陸離的人間。

當然，卿卿讓灼璣網羅來打工，麥克自然隨侍在側。我們辦公室的安全指數一傢伙就破表了，壞處是，麥克的中文實在很破，引發的文化衝突自然也讓我的報告書越寫越多……

幸好卿卿是個好孩子，有她幫忙，我才不至於過勞死。

（雖然說，我早就……）

他們上班的時間是每天早上九點到下午四點，對父母的說法是做義工兼散心，週休二日。她的爸媽都忙，居然沒多問。

我很感激，但心情也很複雜。

「只能看，不能摸唷。」灼璣懶洋洋的躺在沙發等牛奶，睜著清澈的眼睛看我。

「什麼？」看什麼？又摸什麼？

「麥克啊。」Boss嘆氣，「我知道妳喜歡那隻小狗……但那是別人家的。」

不知道為什麼，我會這麼生氣。生氣到失去理智，把冰牛奶都澆在灼璣的腦門上。

灼璣卻舔了舔滴下來的牛奶，瞇細了杏眼，笑得那一整個叫做非常開心。

之四 My Boss, My Hero

我正在絞盡腦汁寫份答辯狀。

Boss把串在散彈槍上的杜蕊親自解送回冥府，還勤勞的附了一份要求杜蕊賠償血污散彈槍的天文數字請款單，震動了冥府。

杜蕊立刻被嚴厲審判，因為沒傷及人命，所以被投入厲鬼強制管理教育所（簡稱厲管所）重新改造教育，直到洗盡戾氣才能重新投胎轉世。不過照杜蕊的偏執個性，大概是無期徒刑，轉世遙遙無期了。

至於她倒楣的老爸杜祕書，因為枉法徇私，被撤職查辦，據說得了個強制投胎的判決，沒辦法罩他的女兒了。更倒楣的是主簿大人，他被牽連，據說要記兩支大過。

我就是為主簿大人寫答辯狀。這件事情雖然我可以理直氣壯的說我沒錯，但卻不能說和我一點關係也沒有。

更何況，主簿大人掌管北城隍府所有文書，我這樣丟三落四很不細心的人，得他許多照顧和指導，我不能冷眼旁觀。

就算我不管，我知道他不會怪我，但我不能不怪自己。

杜蕊是自作自受，杜祕書是求仁得仁，但主簿大人真沒做什麼，也就是心腸軟了些，不該罰得這麼重。

再說，這些冥府公務員，都是很苦的，個個背後或多或少有很沉重的緣故，難免同病相憐。

冥府公務員通常都是累世有福報，有機會登仙籍的人。說不定轉世幾次，就能得道升仙，但他們卻因為六根不夠清靜，以至於放棄金光大道，勞苦數十年甚至數百。

這種六根不清靜，卻不是你們想的那種邪惡，反而是很悲哀卻很純粹的情感。

他們有的或許為忠，或許為孝，或者為情，或者為子女，甘願將福報傾盡，任一個小小官吏，一點一點的用微薄的薪資償還。

這就是沒有斷七情六慾的結果，在神仙眼中看來應該是很愚蠢也很傻氣的行為。

或許吧。我知道有幾個城隍級的首長，是為了償還君主的知遇之恩……畢竟許多明君活像是精神分裂或多重人格，一方面英明神武、選賢與能；一方面又濫殺無辜，功過無法相抵。跟了他們一輩子的賢臣死後也沒放下擔子，分擔君主的大過後，數百甚至數千年的當冥府公務員捱過去。

甚至閻王之一就是這樣子。

主簿大人則是為孝。他的父母可是古代非常時髦的鴛鴦大盜，殺人如麻。他長大知道實情，非常痛苦，束髮入空門為道，一生行善無數，死後也沒放下，扛了他父母的罪孽和無數冤親債主，都快當滿五百年的基層公務員了。

冥府公務員和鬼魂差不離，雖有個神名兒，卻同樣虛無縹緲，無法吃喝也不能睡覺，完完全全是受罪。

一腔鮮血酬親己很簡單，說真的，那不過是一瞬間的慷慨激昂。但沉默隱忍的用數十、數百，甚至上千年來償還……那不是用「高貴情操」可以形容的。

這就是我為什麼會對大部分的冥府公務員都非常和藹可親、親切有禮的緣故。我敬重他們，非常非常。我缺乏這種堅毅和決心，但我真的非常敬佩。

主簿大人若是被記了這兩支大過，今年的考績必定拿不到優等了。這表示他起碼要多受十年、二十年的罪，沒辦法投胎了。而他那該死的老爸老媽不知道輪迴多少次。

我當然覺得他很笨，但也很心酸。因為他們不是因為禮教約束這麼做，而是一種很蠢但又非常純粹的赤誠感情，這樣傻的折磨。

所以我寫了答辯狀，翻遍所有法條，循了許多案例，用證人的身分哀求。

「我說妳啊，長生。」躺在沙發上闔眼的灼璣懶洋洋的出聲，「人笨也要有個程度。」

「我不這麼笨，你會撿我回來？」我咕噥著。

「這說的也是。」他笑了，「別琢磨了，給我吧。我幫妳遞交北府城隍，包妳能過。」

……其實我不喜歡這樣威壓。但想想主簿大人的苦捱，我咬牙遞給了Boss，再三囑咐他別給人知道。

果然惡勢力是人人都忌憚的，城隍爺也得賣灼璣幾分薄面。沒多久就聽說主簿大人的記過「緩執行」，也不列入今年考績計算中。頂多三、五年，他就能解脫了。

我鬆了口氣。主簿大人來道謝的時候我死不承認。最恨人挾恩要脅，若我也來這套，豈不是得唾棄自己？

但我實在太低估主簿大人的有恩必報，和他諸多同僚的非凡創意。

主簿大人決心要報恩，但我又是個這樣龜毛的人（鬼……），後來他和同僚商量，商量出一個覺得對我最有益處的回禮。

我不是被杜蕊嚇病到要收驚嗎？非常失去厲鬼的尊嚴，並且飽受嘲笑。他們決心讓我能夠習慣而且泰山崩於前不改其色，猛鬼現其身亦泰然自若，擁有厲鬼真正的雍容。

設想很周到，但手段很激烈。

他們走訪了各地角頭厲鬼邪魂，拍攝了一張DVD，命名為「眾生浮世繪」，慎重其事的送給我。

毫無心理準備的我，神經很大條的放進DVD播放器裡。

一分半鐘後，我尖叫著衝出正中午的大門，寧願在門外冒煙，死都不肯進去。卿卿勸說半天，我還是滿臉鼻涕眼淚的拚命搖頭，就算麥克無言的把電視給關了，我還是不敢進門。

最後麥克把DVD退出來，用軍刀砍成幾十塊，扔進垃圾桶，我才肯讓卿卿牽著進門……那時我已經開始有燒焦的痕跡了。

覺得我很誇張？你知道各地角頭厲鬼邪魂有多可怕嗎？而且他們還在鏡頭前展現最最恐怖的一面……讓人間的鬼片和恐怖片當場成了天線寶寶和海綿寶寶一樣和藹可親。

我生前根本不敢看恐怖片！被硬拖去看都是從指縫看的！

驚嚇過度，就算我用格林童話進入睡眠，也會尖叫著變成惡夢。Boss無奈到極點，又替我收了一次驚。

我因此被譏笑得更厲害，心底不免有些悲傷。

Boss倒是沒有譏笑我，只是望著天，長嘆了一口氣。

雖然收過驚，但一分半鐘的驚嚇，精神上的傷痕還是很久遠的。

白天麥克和卿卿在還好，晚上若Boss不在，我一整個抖衣而顫，就算加班也抱著散彈槍。半夜回家的Boss就讓精神過敏的我拿槍轟了兩次，雖然沒受傷，灰頭土臉是難免的。

第三次被轟的時候，Boss終於受不了了，默默的從影子裡拎出一隻小貓。

「怎麼又是我？」那隻黑貓很不開心的揮揮爪，「當座騎就很慘了，我不要當保母！……」

我更無言。嘴巴會這麼壞的貓我只認識一隻，腰上的牙眼雖然痊癒，但還有傷痕。

Boss只是淡淡的說，「閉嘴。」

對我不屑一顧又輕蔑的阿貓，立刻把嘴巴閉緊，諂媚又噁心的撒嬌喵了一聲。

……不管是什麼種族，都是怕惡人的。連影子凝聚的幻影貓也不例外。真是冷酷又弱肉強食的悲催人間。

有了阿貓坐鎮，我終於稍微安心了些。心細的卿卿一下子就發現了，笑咪咪的說，「老闆對妳真好。」

「好什麼？」我有點不自在，「這是員工福利。」

「員工福利是什麼？」麥克很虛心的求教。

卿卿吃吃的笑起來，嘰哩咕嚕的和麥克講德語，雖然聽不懂，想也知道不是什麼正經話，因為麥克也笑得很鬼。

我決定不理這對不正經的公主和騎士，滿腦子粉紅色毒素，這點大的小孩就在看言情小說，還翻譯成德文講給麥克聽……早晚雙雙毒死。

這就是員工福利，沒別的。給我座騎，教我用槍，甚至安排保鏢……都是員工福利的一環。

即使是懶斷骨頭的灼璣出差都會燒香「快遞」當地的美食，也是員工福利的一部分……最少Boss是這樣講的。

畢竟臨編人員的薪水很少，我因為厲鬼身分沒有考公務員的資格，又沒有其他人能夠用，他不得不對我這唯一堪用的員工好一點。

不然有些城隍爺和土地公可是來挖過角了，北府城隍還出了三倍的薪水。畢竟到處都欠人手，我處理文書的能力算不壞的。

但我也早跟Boss坦白過，就算沒有這些「員工福利」，我也會乖乖的履行合約……除非我存夠了違約金。但Boss只是盯著我看了一會兒，嘆了很長很長的氣，說，「長生，妳明明不是從腦子開始爛起的……我記得妳是火葬，還來不及爛呢。」

「喂，你這什麼意思？」我變色了，「你的意思是說我很笨?!」

「瞧，腦子沒爛啊。」他又嘆氣，「還是哪根腦筋抽了？」

我氣得把空牛奶盒扔在他頭上。他沒發火，只是一臉悲傷。

其實我隱隱約約猜過他真正的意思是什麼，但真不要想從貓科動物的嘴裡套出真話，他們就是一整個傲嬌，真真假假的。我刺探過幾次，反而被調戲或嘲笑，讓我勃然大怒。

後來我就不想管了。說不定Boss只是無聊耍著我玩，我還自作多情，豈不是白痴。

再說，Boss雖然是冥府公務員的獵手，卻是冥府少有的妖族。陰山北面和妖界接壤處，雜居一群妖族，因為是混血，壽算和神通都不如正統妖族，算是妖界棄兒。但這群妖族偶爾出現出類拔萃的人物，都會到冥府效命。畢竟長期生活在陰冥之氣濃郁的冥界，他們已經適應到足以橫跨陰陽兩界了。

就像灼璣。其實他分開來說，能力都是中上而已。軀體強度不如妖族，神通不如冥官。冥府公務員十年考察時，各樣的排行頂多排在最中間，說來平平無奇。

但他精通各種種族的妖法，人類的道術也頗精湛，又善用半妖的敏捷。無限制格鬥卻可以拿到特優等，名列百萬冥府公務員的前五百名。若不是他太醉心於那些亂七八糟的兵器，恐怕儕身百名都沒問題。

這樣出色的冥府獵手，不說冥王貴裔頗為垂青，連應該輕視混血的正統妖族少女都頻頻示愛，還有追來人間的……怎麼可能對我有什麼意思？

不說他是混血妖族，我曾經是人類，最重要的是，他是活的，我是死的。

所以，Boss絕對是耍著我玩的，我很肯定。

＊　＊　＊

這天，我正抱著《隋唐演義》沉沉睡去，正當煬帝砍瓊花那段，突然一個寒顫，莫名清醒過來。暗香浮動，有些恍惚，不知是夢是醒……後腰一痛，發現一隻腳已經跨出家門，阿貓正死命的咬著我後腰，往家裡頭拽。

雖然我是很沒用的厲鬼，道行又淺薄，但總還有點本能在。緊急一縮腳，無形的繩索沒套實，雖然滑開，卻抽了我一下，嚇得我往後跌，正好壓在阿貓身上。

「……妳算哪國厲鬼啊？」阿貓破口大罵，「重成這個樣子！裝了一肚子沒有用的七情六慾……讓妳壓死了！還不快滾，當我墊子哪！」

我是很想起來，但已經嚇軟手腳，只好四肢併用的爬開，躲在阿貓背後。

沒錯，我是個沒出息的傢伙。但家門外神哭鬼嚎，頗有惡靈古堡的態勢……我只看過我室友玩過兩次，做了大半年的惡夢，不會認錯的。

好吧，生前看過。但那沒有讓我的膽子大一點。

因為洞開的大門伸出好多破破爛爛的手啊！

我尖叫著奔回房間，躲在棉被裡發抖。但聽到阿貓的怒吼間雜著恐怖的咆哮……天人交戰後，我還是抱著散彈槍衝出去支援……閉著眼睛瘋狂掃射。

等我顫顫的睜開眼睛，暴漲到一隻牛那麼大的阿貓陰沉的看著我。那些破破爛爛的手不見了……但阿貓成了洞洞貓。

「我說妳啊……」牠暴跳起來，「妳到底是幫哪邊啊？吭？給妳這種凶器的灼璣，腦子是不是進水了……」

讓牠突然住口的，不是因為我哭出來，而是玻璃窗突然破裂，衝進來幾隻爛到沒下巴的殭屍。

聲音哽在喉嚨，我連尖叫都叫不出來，整個嚇癱。

阿貓全身的毛都豎起來，撲過去支解那些殭屍。雖然嚇得四肢發軟，我還是火力支援（偶爾也誤傷，引得阿貓痛罵），總算打爛了這些鬼東西……只是我不敢想像之後怎麼生膽子出來打掃這些斷肢殘臂。

看起來只能拜託麥克了。

才剛鬆一口氣，覺得脖子一緊，我驚得要散形時，卻聞到一股奇異的香氣，腦門一昏，全身都沒有力氣，只能讓那隻沒下巴少皮爛肉卻敏捷的像猴子的殭尸拖走……

追掣不及的阿貓發出一聲威嚴猙獰的獅吼，宛如實質的強烈震盪差點把我震散了。那隻有實體的殭尸當然沒震散……卻突然把我扔在地上。

吃力的抬頭看，那隻殭尸居然被自己的影子纏住、五花大綁，就在我眼前，被影子勒斷脖子，滿腔腐朽的血液噴灑，頭顱滾到我腿邊。

我暈倒了。

於是，我又因此收了第三次的驚，自尊受到無比的創傷。

讓我膽戰心驚的是，向來懶洋洋不在乎的Boss，臉孔陰沉極了，非常可怖，我偷偷猜測他複雜至極的血緣裡頭可能有夜叉或修羅。

阿貓在旁邊囉囉唆唆的抱怨我拿槍轟牠又非常沒用，灼璣轉眼看牠，只說了兩個字，「混帳！」

牠這隻挺神氣的幻影生物，立刻縮成拳頭大的小貓，躲在我背後抱著腦袋發抖。

……這已經不只是止小兒夜啼了。

「長生，冰牛奶。」他看我的時候，臉色恢復如常，「我要出差，很久喝不到妳的牛奶了。」

「……牛奶的味道不都一樣？」我囧了，「可要去哪出差？我這兒沒有案件單……」

「不一樣。」他懶懶的癱在沙發上，「祕密任務啦，沒發到妳這兒。」

喝完牛奶以後，他捲了一大包軍火武器背著，手裡還提著個火箭筒。

……你到底是要去哪？

但他還是懶洋洋的笑，凌厲的瞪了阿貓一眼，就頭也不回的走了，只朝後揮了揮手。

兩個月後，北府城隍輾轉送了份一尺厚的公文過來，我一看就傻眼了。我只知道是海地那兒提交的抗議書，內容我就矇了。

因為我英文勉強能讀，其他外語一翻兩瞪眼。德文還可以靠北府那兒一個留學過德國的文書翻譯，現在又有卿卿，法文我是能找誰……？

鬧得雞飛狗跳、無數公文，才讓一個暫留城隍的新死鬼魂幫我翻譯，等翻完換我啞口無言。

大概海地所有冥妖兩界的政府機關都發文過來了……難怪這麼厚。除了無用的官腔和廢話若干，總歸起來，就是抗議冥府獵捕署亞洲分區台灣分局插手海地國內事務。

等搞清楚是什麼事務時，我真的驚跳了。

灼璣把海地巫毒教的一整個分會，連根拔除了。所有巫毒牧師役使的行屍毫不客氣的殲滅，強行押回冥府，廢掉了所有巫毒牧師的道行，摧毀分會所有祭壇和經典。

抱著這些公文，我發呆了很久很久。

我想，那些殭尸攻擊，就是上回那個著迷於死人的海地巫師的同黨所致吧。他們想要的，就是一個清醒如活人的厲鬼邪魄。他們不知道我虛有其名，只是當個希罕東西，躍躍欲試。

坦白說，我不知道我在想什麼，甚至不知道心底流轉著怎樣的滋味。

我更不知道，該怎麼辦。

接到海地抗議書後一個禮拜，頗有潔癖的灼璣，卻髒兮兮的回來。

懶洋洋的往沙發上一癱，「長生，冰牛奶。」

我默默的開冰箱、倒牛奶，但他連拿玻璃杯的手都在發抖，我得扶著餵他喝。

我潸然淚下。

「厲鬼是不哭的，長生。」他慵懶的笑了一下，「不合格唷。」

「你、你……Boss，你幹嘛這樣……」我啜泣起來。

他喝了兩口，卻無力拿住杯子，搖頭不喝了，「長生啊，就說過該有的員工福利絕不會少。」Boss緩緩的躺倒在沙發上，「合約是這樣寫的啊。」

他睡著了……也可能是昏過去了。

我拖了毛毯幫他蓋上，默默坐在他旁邊，眼淚怎麼都止不住，嗚嗚咽咽的，哭了大半夜。

後來我們都沒提這件事情，只有討論怎麼對付海地那票政府機構。反正他們也沒證據，避重就輕、含糊其詞、聲東擊西……官腔打夠了，也就過去了。

只是要寫的公文非常非常多，不過我存了個心眼，你敢扔法文公文給我，我就敢扔中文公文給你。法文跟中文都屬於學起來會崩潰的語文（就非母語而言），總不能我單方面吃虧。

但寫這些公文，我一句怨言也沒有。畢竟Boss會弄得這樣傷痕累累、滿身麻煩回來，到底都是因為我。

不管他當初是騙我簽下怎樣的爛合約，也不論他有多懶，偶爾還會欺負我，愛耍著我玩……但他的確盡全力的庇護我。

My boss, my hero.

雖然不會讓他知道，不過，我不會再存什麼違約金了。

這件事情過去半年，我的冥日兼生日（出生和死亡都是同一天，這人生……）那天，灼璣從他的軍火儲藏室衝出來，厲聲喊著，「長生！」

不但把我嚇了一大跳，也把卿卿和麥克嚇著了。

他卻視若無睹的拖著我的手臂，跑進儲藏室，指著牆上的魚腸劍，「怎麼回事？」

嘖。才剛掛上沒兩個鐘頭，就發現了。這個軍火狂真是……

「噢，那不是Boss的魚腸劍嗎？」我故作迷惑的說，「整個好好的呀，有什麼問題？」

他瞪著我，杏形的大眼睛渾圓，頗有貓的韻味。

當初他賣了魚腸劍給我整型，死都不承認。現在我花了兩倍價錢買回來，我看他有啥可說的。

良久，他才說，「哼。」鬆開我的手臂，「冰牛奶！」

「是，」我笑盈盈的回他，「這就倒過來。」

「嘖。」他也笑了，尖銳的虎牙閃閃發亮。我不得不承認，他的確擁有貓的狡黠和可愛。

這個貓樣的資深少年，的確是我的Boss。

之五　鬼仙

津津有味的看著賈寶玉和林黛玉拌嘴，寶玉怒砸寶玉的那段，正在感慨「相煎何太急」的時候，寶玉卻把玉砸到我身上，讓我愣了一下。

沒想到這正宗花心小娘炮像是砸上癮了，一塊又一塊的砸過來……他出生的時候是叼多少玉啊？

大叫一聲，懷裡的《紅樓夢》摔在地上，頗有分量的一響，我睜開眼睛，卻還是抱頭鼠竄。蜷縮在我旁邊的阿貓卻依舊閉著眼睛，只有差點砸到牠的時候才用尾巴撥到一邊。

等我完全清醒，納悶抓住亂跳的玉符……看到上面的官印，真是啞口無言。

竟是北府城隍發來的詔令，數了數，剛好十二塊。

搔了搔頭，沒想到死了三年多的平凡厲鬼，還能享受如此殊榮。人家十二道金牌，我十二道玉符，也差不太遠。

可我不是岳飛啊，城隍大人也不是秦檜。

而且都什麼時代了，城隍大人還沒學會用手機或電話，實在有點落伍。有什麼事情打個電話就行了，省時方便又省資源。玉符可是很貴的啊，相形之下電話費便宜多了。

撥了電話過去，城隍大人沒接，卻是主簿大人苦笑的聲音。「主簿大人，什麼事情？」我揉著眼睛問。

「……長生，鬼不在晚上睡覺的。」他沉重的嘆口氣，我臉孔略過一陣不自在。

我也沒辦法，習慣了二、三十年，晚上我就呵欠連天。不像鬼我自己也很悲傷。「我有族群認同失調症候群。」我很含蓄的說，「有什麼事啊？打個電話來不行麼？」

「……我家大人不信那種科技產物……」他壓低聲音，「不知道誰告訴他的，手機接多了會讓鬼靈生腦瘤……妳還是來一趟吧，大人現在心情很差，別掃了颱風尾。」

……最好鬼靈還能生腦瘤啦。老人家這種科技迷信是怎麼回事……

納悶歸納悶，我還是把阿貓踢起來，出門去了。阿貓一整個不情願，抱怨個不停，直到我把Boss搬出來恐嚇，才讓牠閉上嘴。

……我真不能換個安靜點的嗎？可Boss說什麼都不同意。他說，所有他收服的影魅幻靈中，阿貓是最會打架的。

別看牠嘴巴那麼壞，愛睡覺又會玩毛線團。據說牠的出身非常奇特。牠原本是誕生於靈獸文狸影子中的陰魅，天神英招和文狸嬉戲的時候，劃破手指讓牠得了一滴血，萌發靈智，悄悄裂影脫逃。

逃來人間，藉由噬影害死了不少眾生和人類，不但力大無窮，來去如電，只要有一點陰影和黑暗就能逃脫，連天界追捕來的天兵天將都沒辦法，卻讓一個小小的冥府獵手捕獲。

原本以為，灼璣是用強光照滅牠，但這樣只能讓阿貓暫時消失而已。沒想到灼璣乾脆的用自己的影子吞掉牠，不知道怎麼整的，讓膽大包天的阿貓畏如天魔。

……難怪我對Boss的影子有種微妙的恐懼感。他到底是啥玩意兒，影子還會吃影魅幻靈，據說還吃了很多很多……我就親眼看過他拎出一隻黑孔雀（？），和一群聲若兒啼的黑小鬼……

Boss真的只有混到諸妖族的血嗎……？

不要想，很恐怖。

我到的時候，城隍爺臉色鐵青，將一個檔案夾扔過來，一言不發。納悶的接過來一看……然後用力睜大眼睛，死死的盯在入境申請居留書上的物種欄。

筆跡清秀軟弱，卻寫著：「鬼仙」二字。

我終於知道城隍爺為什麼這麼暴躁了……等看到名字「陸六娘」，我就恍然，城隍爺已經算是相當克制了。

人類修仙有三種，謂之天仙、地仙、真人。妖族修煉也有三款，妖仙、靈獸，或乾脆修煉成魔……但最容易修煉成魔的是厲鬼邪魂，因為怨氣、戾氣夠大，不用額外去修煞氣。

相反的，最難修煉的是鬼仙，因為兩種功法是背道而馳的。冥府諸官員不在鬼仙之列，他們屬於冥神，是有功德而晉升，不是苦修出來的。

（以上出自《世界種族百科全書》）

（我沒事幹都趴在上頭當閒書看。）

但天下之大，無奇不有。這樣艱難困苦，百年要挨天劫一次，大成前還得挨九九八十一劫雷，用鬼體熬受端午正陽煉體之苦的艱險仙道，還是有鬼學長學姊達成了。

目前列冊的鬼仙，不到十人，過半失蹤，不知道是被居心叵測的什麼高人拘去煉器還是當小弟了，真正還有出來走動的，不過四個。

被稱為「雙六」的「陸六娘」，還是當中名氣最大，本事也最大的一個。

她既沒奪舍也未附體，只用千年的時間就修入鬼仙，凝聚鬼氣為實質，悠然自若的漫行在戈壁赤毒豔陽下，除了沒有影子，跟活人完全沒兩樣，而且神通極為廣大。

但若只是如此，城隍爺心情不會那麼壞。

最主要的是，這位從不殺生的鬼仙大人，還是個出色的紡織品煉器大師（？）。她制的法器都是布帛之類，繡功巧妙，一絲一縷皆含精妙符法。除了少數特製品，幾乎是能掌握五行的眾生都可以使用，效果還非常強大，連天仙都偷偷找她訂製過。

幾乎她到什麼地方修煉，就會成為眾生雲集的小鎮，就巴望著哪天有機緣見到這個鬼仙大人，能求到一件、兩件法器，或者她老人家心情好，託售了幾件瑕疵品也足以傲視群倫……

你能想像台北市眾生雲集的場景嗎？

但城隍爺敢拒絕這位首席鬼仙的入境嗎？

所以城隍爺的心情如此之壞……但為什麼他心情壞，倒楣的卻是我呢？我很納悶。

因為城隍爺氣勢萬千、無可反駁的要我陪著去接鬼仙大人，並且恭迎她到我們辦公室定居。

……這絕對是災難中的災難！

一來是舉凡沾上仙氣的人物，幾乎都是薄情寡義、個性古怪、五窮六絕的高人……我一句話沒說好，就算看在冥府臨聘人員的面子上，不至於魂飛魄散，恐怕也得四分五裂。

二來，我們家出沒的都是什麼樣的傢伙？不說Boss是那種萬一逆毛連天都敢對著幹的死貓，麥克又是什麼好惹的角色？尤其卿卿雖然看不見，在人類中是修煉的上品——雖然活不成，若是那個鬼仙瞧上了硬要收徒什麼的，Boss是個護短的，麥克遇到卿卿的事情就變身成大怒神……

這不是自家找死？

更何況這種送往迎來的事情，和我們台灣分局根本是八竿子打不著！

我顫顫的說，「這不是我們的業務範圍……」

城隍爺當場暴跳，「不然妳說我能擺在台北市的哪裡？妳說啊妳說啊！」

他激動到破聲了，「死丫頭，這麼一點小忙都不肯幫，妳不要忘了我壓著你們多少破事……叨登出來，我看你們那破分局三百年內領得到一毛預算否?!」

……我被堂堂城隍爺威脅了。

欲哭無淚，我只好猛打官腔，虛與委蛇一番，匆匆打電話給出遠差的Boss。當然我知道，他們這次任務很危險……數千厲鬼從十八層煉獄逃了，聲勢浩大，不到這麼沒辦法，我也不會打電話給他。

雖然電話那頭非常吵鬧，爆炸聲間雜著鬼哭神號，Boss的聲音卻很平靜。

「唔?長生，這麼想念我唷?我才走沒三天。」

「不是。」我沒好氣的說。

「不然呢?」背景傳來一聲淒厲的慘叫，心知肚明，我居然同情起那些逃獄的可憐蟲。

我趕緊說明鬼仙的大駕光臨和城隍爺的威脅利誘。

「是喔，六娘子要來?」慘叫聲越發淒厲，連我都覺得膽寒，只是Boss的聲音依舊如此冷靜，「咱們地下室空著，都給她住好了。對了，客房也打掃一間，很快就用得到了。」

「什麼？」我聲音都變了，「Boss，你不跟城隍爺爭一下？那不是我們的業務～」

「不用。」他輕笑一聲，笑完背景的慘叫聲就停了，我冷了一下。「六娘子人很好的……我提議過妳修鬼仙啊，記得不？就是因為六娘子……」

「再見。」我火速掛掉電話。

我又不是瘋了，跑去修什麼鬼仙。自家事自家知，我這種虛有其名的資質，就算天公不長眼讓我修成了，不是被哪個神經高人抓去煉器，就是被古怪高人抓去當小弟。

花那麼多苦心和歲月，就趕著讓人奴役？我還是轉世吧，用膝蓋想也知道，我絕對不可能成為雙六娘娘那種首席鬼仙。

至於Boss口中的「人很好」，鬼都不敢相信。上回他說「人很好」的聖魔山神，一見面就把我給吞了……還是Boss硬把我從他嘴裡拽出來。

絕對不要相信Boss的標準。

忐忑不安中，我乾脆放卿卿和麥克大假，讓他們好好的休息……順便縮小災難範圍。他們倆都單純，倒是挺開心的跑去澎湖度暑假了……理論上應該不會出什麼麻煩。

然後我讓城隍爺拎著，如喪考妣的跟隨法雨雲乘，到只聞其名不曾去過的「機場」。

很多玄幻小說都喜歡把神仙啊、修道者啊，說得上天下地、無所不能……完全是誤解。傳送法陣是真有這種東西，卻不是隨便高興開哪就開哪。真這樣開，人間早就千瘡百孔，整個崩潰掉了。

打個比方，飛機發明這麼久了，也沒到處都能隨停隨飛，是吧？傳送法陣也很類似。而且這種「機場」比真正的「機場」少多了，全亞洲也就三個……台灣機場剛好是東亞的唯一，而且是非常重要的樞紐。

這個機場的全名叫做「亞洲東區眾生傳送法陣集散中心」，同樣是買票登記才能夠傳送，手續非常煩瑣。但眾生的飛行速度不像人類幻想的那麼神奇，堪堪比得上汽車就很不錯了，有的比腳踏車還不如。短距離飛行還好，跨洲飛行除非毅力驚人兼法力強大，不然一個恍神，撞山墜海真的欲哭無淚。

再加上有畏光的、怕天風的、恐雨的……長途旅行還是用傳送陣吧。

但是這種國際機場等級的傳送中心，非常龍蛇雜處，帶來許多不良影響。所謂道高一尺、魔高一丈，雖然大半的機場都在冥府掌握中，但小半落在神或魔手底，常常有梟雄等級的隱姓埋名過境。台灣這機場更是複雜，是三方共管，隱隱達成一種很不穩定的恐怖平衡。

可以說，台灣不但地殼不穩定，連眾生勢力都非常不穩定。神魔兩方都愛招募厲鬼邪魂，隱隱的跟冥府搶人，非常流氓。若不是灼璣比他們更流氓，恐怕早就鬧出大亂子了。

而我呢，現在就在這颱風眼中……我是說，國際機場中。才跟著城隍爺下車，許多目光就刷的逼視過來，讓我汗流浹背。

這年頭煉器器靈奇缺，連厲鬼邪魂都難找，找到又都是腦殘的下品。我這種比腦殘好上一丁點的廢柴，也讓人惦記了。要不是Boss之前為了我滅了巫毒教一個分會，城隍爺在旁邊，恐怕就有大批的高人軟硬兼施的衝上來了。

如坐針氈的恭候鬼仙大人的大駕，我都快被周圍垂涎的目光穿刺出七、八百個大洞了。

直到法器發出冰冷的機械音：「鬼仙陸六娘，抵達東亞法陣集散中心。」所有的目光才集中在這個最大的貴賓傳送陣。

原本鬧哄哄的機場，瞬間都安靜了下來。所有的傳送陣也暫停運作，這是天仙級人物的禮遇……同時也是避免法器損壞（傳送陣也算龐大的法器）的手段。

不是所有的仙人都能得到「天仙」的評價。真正的天仙，指的是可以感動天地，理解萬物法則的人物。理論上應該是地位最低的鬼仙，卻能得到這樣高的評價，可見有多驚人。

等鬼仙在傳送陣裡現形時，原本的安靜成了死寂。

我終於明白，為什麼區區一個鬼仙，卻能獲得這樣崇高的禮遇。光光現形而已，龐大的機場的空氣立刻緊縮，強烈的仙威壓迫下來，我這弱小的厲鬼馬上七孔流血……我還在城隍爺的靈光庇護下呢。

太強悍了。

機械音冰冷的說，「身分確認。請收斂威煞，歡迎您來到東亞。」

原本一襲黑紗從頭蒙到腳的鬼仙，微微仰首，就把強悍的仙威收斂起來，漆黑的長髮無風自揚，連長面紗都收斂於無形，露出一個不足一百五十公分的雪白小姑娘，面容潤滑如玉，隱隱生輝……可惜一點表情都沒有。

我胡亂擦著臉孔上的血跡，手不斷的發顫……心底一陣陣忐忑。仙威威成這樣，一口氣壓制全場……場內可是有不少神魔高人哩！我最怕高人了，高人看起來越無害，就越可怕……

但城隍爺一腳把我踹出去。欲哭無淚的，我顫顫的想致歡迎詞……

這個強悍無匹的鬼仙大人舉步，踩到自己的長裙，四平八穩的摔在我面前，五體投地。

我噗嗤的笑了出來，在愈發寂靜的大廳裡，聽起來特別的響亮。

所有的目光再次刷的集中在我身上，卻不再是垂涎，而是哀悼……寫滿了「妳死定了」。

完蛋了。

我大概打從脊椎透心涼了，慌亂上前想扶起鬼仙大人看能不能補救……大人淡淡的抬頭看了我一眼。

四目交接，我只覺得心臟挨了一記重捶，眼前金星亂冒，身不由己的被震飛出去，幾次想要煞車，無奈煞車一整個不靈，毫無辦法的翻著跟斗朝後邊砸去。眼見就要砸在幾百公尺外的牆壁上，照這樣的重力加速度看起來，大約砸上去不來個四分五裂是沒完的。

我這淺薄的三年道行不但不夠砸，還得倒扣。

更讓我想哭的是，我身上還裹著城隍爺的彩光庇護。是說咱們北府城隍的道行實在是……

雖然心裡好幾大段OS，事實上只是電光石火間。正要閉目就死……卻覺得身上一緊，居然卸去猛烈的勢頭，一塊皮也沒少的被捲了回去。

這才看到鬼仙大人飄然如飛天，射出兩只肩帛，舉重若輕的把我抓回來放下。「抱歉，」她淡淡的欠身，「可傷著了？」

我連話都說不出來，只會怔怔的搖頭。

她微微彎了嘴角，實在很難判斷那是笑。但她伸手給我……我想應該是微笑對吧？手臂上鑲著七彩寶珠的玉玦輝煌。膽戰心驚的遞手給她……這鬼仙大人的手居然是溫的。

在頭暈腦脹和惴惴不安中，糊裡糊塗的，我跟著鬼仙大人和城隍爺上了雲乘，回返台灣分局辦公室。

城隍爺連客套話都沒講幾句，通通推到我身上，就快馬加法雨，狂奔而去了。

……這年頭的男人，脖子底下就是胳臂，沒有肩膀。

原本我緊張得幾乎休克，害怕得幾乎潸然淚下，但鬼仙大人卻和我想像的不同。她性子非常清冷，少有表情，禮貌卻非常周全，頗有累代世家大族千金的氣度。

對我這樣等級非常低的厲鬼，其實趾高氣揚是應該的……她是首席鬼仙欸！能以晚輩禮晉見地藏王菩薩的，與閻王可平輩來往。但她卻謙和有禮，氣度雍容……

雖然手腳有點不協調。

她頭回下地下室，就從樓梯頂滾到樓梯下，倒是省了走路的工夫。這次我不敢笑，但憋得我挺難受的。

鬼仙大人也只是拍了拍裙子上的塵，望了望廣大的地下室，「甚好。只是打擾貴處，頗感不安。」

我趕緊上前打了幾句官腔加馬屁，她也沒說什麼，只是淡笑，還送了我一條錦帕當見面禮。

（真的很淡，嘴角只微微提高一公分。）

等我退回客廳，才仔細看錦帕……我當場嚇了一大跳。只是微微輸入了一點鬼靈之氣（我才死三年能有多少鬼靈之氣？），錦帕立刻化於無形，帕上精細繡著的彩蝶群栩栩如生的上下飛舞，帶著淡淡的金塵浮光。

可我三尺內就籠罩著無形卻渾厚的結界，意念一動，這些彩蝶群進退自如，竟是一小群飛劍，還是最鋒利的金性飛劍。

……這就是境界的不同啊。我真是讚嘆至極。咱們Boss厲害歸厲害，美感實在欠奉。就只會迷戀軍火，一點妖怪的傳統都沒有。妖怪啦、道士啦，就是要鬥法寶啊鬥法寶！拿刀出來亂砍、拿槍出來掃射，算什麼事兒呢？

瞧瞧人家鬼仙大人多麼古典啊……攻防合一的正宗法寶欸！

眼睛一轉，一直挺神氣的阿貓畏縮在牆角，全身的毛都豎直了，還發出哈的聲音恐嚇我，「別過來喔！別以為手裡有點東西就可以欺負我……別過來啊啊啊～」

我獰笑著，「不要怕嘛，阿貓……過來跟小蝴蝶兒玩玩……」手一指，蝶群撲了過去，好一幅黑貓戲蝶圖……

「救命啊～」阿貓拔腿就跑，「好長生，好主人，我叫妳姑奶奶了！別讓這玩意兒靠近我啊～痛痛痛……」

這是我認識阿貓以來，頭回占到上風，心情真是無比舒暢。

等跟鬼仙大人相處久了，我才發現，傳聞畢竟是傳聞，Boss的標準偶爾也有正常的時候。

她的確人很好。

除了手腳有點不協調，走路常跌跤外，用漫畫術語來說，就是面癱加無口。面癱，指的就是少有表情；無口，指的就是少有話語。

但她很有禮貌，待人尊重，反而讓我很喜歡。我從來都害怕自來熟的人，易愛易恨，保不定一點摩擦就成生死仇敵。反而這種淡然似啞巴的人好多了，不輕易交心，卻嚴守禮儀，一旦交心，就是君子之交淡如水，堅定不移。

我倒沒想高攀首席鬼仙，但我們相處的，還真是不錯。她非常沉靜，在地下室第一件事情就是架起紡車，布下機杼。成天紡紗織布，飛針走線……與其說是鬼仙，倒不如說是深閨少女。

她會走出地下室，也只有月圓時分。紡月光成紗，讓我看得發呆。

可我覺得很疑惑。她有一件月白華裳掛在牆上，底下供著一個珍珠鳳冠，有時我去地下室請安的時候，就會看到雙六娘娘呆呆的看著月裳珠冠。

雖然顏色不對，但我怎麼看，都覺得那是嫁裳。

直到一個雷雨夜，一個威武的修道人來叩門，我才隱隱有些恍然。只是他太威了，一開門我就被威煞放倒，往後翻了幾個跟斗，觸動了錦帕，彩蝶群氣勢洶洶的撲過去，卻被他一口氣吹散。

……在高人手底下討生活真不容易。就算很有禮貌的高人，也不容易。

他自言是淮南生，要求見六娘子。謙恭有禮……最重要的是，我惹不起。

灰頭土臉的去請示，雙六娘娘僵了一下，淡淡的說，「不見。」

我真的欲哭無淚，心底把城隍爺罵了千百回，戰戰兢兢的去回話。這位威武的大爺卻沒為難我，乾脆站在門口當門神了……傾盆大雨兼電光閃爍、雷聲轟隆，他就站在那兒cosplay落湯雞。

我犯難了。躊躇了一會兒，硬著頭皮，把我慣用的黑雨傘遞給淮大爺。

他睇了我一眼，讓我立刻又往後翻了兩個跟斗，止都止不住。「姑娘鬼體如此之輕？」他訝異了，又望了望手裡的雨傘，「這是呼延府？」

抓著沙發，再也不敢看他，點了點頭。

「淮某無禮了，尚祈姑娘恕罪。」他抱了抱拳，拿著傘也沒用，繼續站在雷雨中動也不動。

我能做的都已經做了……這種超高層次的愛恨情仇，我真的無能為力。

結果那幾天我根本不能出門……倒不是下雨的關係。而是那位淮大爺堵著門口行苦肉計，即使極力收斂威煞，我靠近三尺就往後翻跟斗……非常悲哀。

我不敢叫他走開，更不敢請雙六娘娘移駕，只能祈禱Boss趕緊回家，壓力太大，消耗太多鬼氣，我都瘦了一圈。

等Boss回來，我從來沒有這麼高興看到他，高興到飛撲過去……然後又朝後翻跟斗，惹得灼璣一陣大笑。

很想罵他兩句……看到他背後的淮大爺，立刻把話吞進肚子裡。我知道，我很沒種。但淮大爺身上有股浩然正氣（？），我受不了。

「欸，別欺負我祕書。」灼璣終於理解我眼中的殺氣，咳了一聲說。

「你這祕書，鬼體太輕。死沒幾年就把人拘來，未免過分。」淮大爺淡淡的說，扔了一顆黝黑的珠子給灼璣，「當見面禮吧。」

灼璣詭笑著接了，扯著嗓子喊，「六娘子！你們這躲貓貓要躲到哪一年啊？都上千歲的人了……」

雙六娘娘沒回答，卻釋放出無匹仙威顯示她的不悅。在場的人都沒事，只有我連翻五、六個跟斗撞到牆上滑下來。

……我受不了這些高人了！終於哭了出來，因為七孔流血，所以落實了血淚斑斑這話兒。

「你們鬥氣，只會殃及我的小祕書。」Boss很不滿，「收斂點！你！南子，滾去客房歇著吧。」

說罷Boss就把我提去廚房，很大氣的摔上門，看著我，嘻嘻的笑。

我心底的怒火卻節節高升。我不是對高人有意見，而是高人對我沒意見都能讓我狂翻跟斗……這點我很有意見！

他們都是S級以上的怪物，而我是B咖中的B咖……再也受不了了！

「我要辭職！」我對著Boss狂揮拳頭兼怒吼，「我不要跟你們這些怪物……」

話還沒說完，Boss朝我嘴裡扔了那顆黝黑的珠子。我大驚的掐住喉嚨，但已經吞了下去。

「……這是什麼?!」

Boss好整以暇的說，「定魂珠。南子不知道收了多少厲鬼洗孽才有這麼一顆呢。吃下去平添兩百年道行……」他爆笑起來，「就、就不會狂翻跟斗了……哈哈哈哈～」

兩百年道行果然非同小可。以下犯上的我，讓Boss成了單眼熊貓，不可不謂之奇蹟。

補遺　鬼仙之夜凰

她抬頭，無悲無喜的瞳孔，掠過一絲冷厲。

身為女體，不管是什麼種族，都很麻煩。若她是男體，頂多被延請或收攬，不會打其他主意。

但女體，總有自以為強悍的傢伙以雙修之名，打的卻是淫邪的打算。每到一個新的地方，總是要重新立威，讓她有種淡淡的厭煩。

不過，這是灼的家。這頑皮孩子難得會在意人……她瞥了一眼沉睡的長生，心底泛起絲微的暖意。

這樣的老實孩子。落入這樣荒唐不幸的遭遇，擔這樣不堪的厲鬼名頭，還執著的學會了睡眠……多麼不容易。

悄然無聲的融入黑暗，然後出現在殘月之下，飄然於空，揮下了一把晶瑩絲線，破空而去，透明的蛛網籠罩了整個屋子。

未久，當空撕開一道裂縫，一個碧綠瞳孔，龍首人身的朱袍男子，乘著粗細若火車的肉角巨蟒憑空出現，裂縫閃了閃，就消失了。

「由蛇而蛟不容易，何況還有成龍的可能。」六娘語氣淡然，「急著來送死又是為什麼？」

「小仙提前破關而來，自然是愛慕雙六娘娘至極。」龍首男子漸漸霧化重凝，竟是俊美到接近妖孽的美男子，「娘娘若與我合歡共修，助小仙得證大道，自此樂享逍遙、長生不老，豈不美哉？」

六娘微微彎了嘴角，卻無絲毫暖意，「好殺喜孽之徒，也敢稱仙？」

那美男子的臉沉了下來。他名為余青，原是條尋常青蛇，是本土妖怪，苦修了五百年，才蛻換成蛟，又野心勃勃的問鼎成龍。原本眾生對龍鳳等靈獸眷裔多有容讓，他雖屢奪妖族內丹、吞噬孤魂野鬼，卻也遊走在律法邊際，拿他無甚辦法。

但他境界有虧，殺孽又太大，成蛟後三百年，卻怎麼也跨不過成龍的最後一步。聽聞雙六娘娘入境台灣，他不禁欣喜若狂。雙六娘娘乃是首席鬼仙，若能引誘來合體雙修，絕對綽綽有餘。若她不情願，頂多用強罷了……若是武力不成，也不用怕。雙六娘娘從未殺生，幾句好話兒，頂多拚點皮肉傷罷了，性命絕對無憂。

再說，雙六娘娘武名不顯，大約是精於修道、怯於戰鬥的婦道人家。不管怎麼說，都是有賺無賠的買賣。

「如此，只好請教了。」余青話語未歇，漫天青霧已然襲來，帶著腥羶的金屬味，顯見含有劇毒。

六娘不閃不避，視若無睹，只是雙掌交會，憑空拉開，只見兩掌間一團烏影翻滾，沖天而起，停在六娘的肩膀上，竟是一隻烏黑若孔雀的大鳥。身長一丈有餘，羽尾更有數十丈長。

氣勢洶洶的毒霧卻被蛛網激發出來的亮光堵在外面，不能寸進。

「指教。」六娘柔軟的脣，冰冷的吐出兩個字。接著將臂一揚，肩上黑色大鳥也隨之揚翅，瞬間滿天星光皆黯。

余青心知不妙，祭動五雷法，霎時狂風暴雨，雷霆怒忿，急攻看起來柔弱不堪的蛛網大陣。哪知道看來柔弱的蛛網卻堅韌非凡，遭了雷雨風霆，反而光芒更盛。

六娘看也沒看陣外的動靜，閉著眼睛，將臂下揮，黑色大鳥也跟著飛起，隨她奧妙的舞姿既翱且翔，直入雲霄，竟吞噬一天星光，由東而西，天地漆黑一片，伸手不見五指，連余青的五雷法都不知道何時被翱翔而過的黑色大鳥收了去。

六娘緩緩睜開眼睛，在無盡的黑暗中，冰冷若寒星。黑色大鳥也睥睨的望著余青，冰冷的直鑽到他的大腦裡，引起強烈的劇痛……名為恐懼的劇痛。

「吾名為夜凰。」六娘冰冷的說，「乃夜帝精魄之女。夜空之下，皆為吾臣！」

黑色大鳥發出一聲無聲而清亮的長鳴，上至三十三天，下至十八層獄，皆能得聞。尾羽的「眼睛」，一只只的張開，一起注視著余青，將他好不容易凝聚的內丹打了個粉碎，數百年道行也跟著成灰。

肉角巨蟒早已逃逸，一條青蛇啪的掉在地上，慌慌張張的逃入草叢中。

的確，雙六娘娘從不殺生。但和她對壘過的眾生，幾乎都痛不欲生。幸好她從不去尋人麻煩，眾生也不怎麼敢來找她麻煩……只有那種消息不太靈通的傢伙，抱著僥倖心理想來討點便宜。

夜凰已經縮小到丈餘，落在六娘的肩膀上，親熱的低下龐大的腦袋，蹭著六娘的臉龐。

雖說這樣的小角色用不到出動夜凰，但她在漫長的千年歲月中覺悟到，一次決狠的反擊，可以免去更多的刀兵和麻煩。想來青蛇的下場，能讓這地方的眾生安分很久了。

不會有太多眾生想跟夜凰正面衝突……即使是仙人也得仔細考量。

可沒人知道，這隻夜凰是受過極大損傷的，若不是她想盡辦法搶救，冒險去冥府陰山尋玄陰晶才得以孵化，否則夜帝的傳承就斷絕了。

結果夜凰成了啞鳳，沒她這小小鬼仙開口凝咒，什麼先天法術都使不出來。也因為先天極度不足，現在還得用她的鬼靈之氣潤養。

但嚇嚇人是滿好用的。

「來。」她伸手，夜凰化為一道陰影潛入她的手臂，悄然入眠。

夜帝乃是夜之精魂凝聚，與月有感，誕下一雌一雄雙卵，名為冥鳳夜凰。五萬年一興替，冥鳳夜凰合而為一，成為新的夜帝。

不知道是哪個神經病，居然把夜帝的子嗣掏摸出來。此任夜帝崩逝後沒有新夜帝接任，就是黑暗失序的開始了。

好在是幾萬年後的事情。只希望能把夜凰潤養好，讓她親自去尋那兄弟了。

這就是六娘修仙的理由，別說呼延家的人不知道，淮南生也不知道。

連她自己，都覺得是個傻氣的理由。

之六　競技

坦白講，多了兩百年道行也沒啥感覺。除了讓我不再翻跟斗以外，並沒有太大的助益……打字速度又不會因此變快，文書處理也不見得會有飛躍性的提升。

再看看我們家都是些什麼人……

鬼仙大人：千年道行，天仙級人物。

淮真人南生：五百年道行而已……只比地仙差一點。T_T

Boss灼璣：七百年道行，冥府第四百七十六名混血妖強者，聽說和托塔天王切磋過，平手。

亡靈妖化軍官麥克：沒有道行（難以計算？），但可以跟灼璣殺個勢均力敵，還用兩顆子彈在北府城隍的臉孔上留了兩個小洞。

（……）

所以你應該能體會我對「兩百年道行」為什麼這麼麻痺不仁。在家裡這群「非人哉」面前（雖然他們都不是人），根本是個笑話。

唯一讓我感動的是，家裡幸好還有卿卿，讓我還有在人間的溫暖。可我發現卿卿非常不人類的凌空取物，還被麥克教壞，透過麥克的眼睛體驗何謂視力……

我驀然的悲從中來。被這個ＥＳＰ超能力盲少女一襯，我居然是家裡最沒用的傢伙。連個人類都能隔空取物……我這個什麼都不會的厲鬼，空有兩百年道行，還是得勞動雙手去拿檔案……

這死後的人生為何如此悲慘。

我蹲在牆角畫圈圈，阿貓笑到嘶嗚，在地上打滾。灼璣站在我身後默然許久，「……人生而有愚智高下，鬼也一樣。」

我埋在膝蓋上哭了。

「呃，妳一定有什麼天賦……只是連六娘子都探測不出來而已。」他更努力的安慰我。

我乾脆哇的一聲放聲大哭。

你說我做鬼做到這種地步，到底有什麼意思……還擔了個紅衣強者厲鬼的虛名兒。

只能說，Boss安慰人很沒天分，不過他真的盡力了。不過他的盡力是端了冰牛奶過來奉請……我只能說貓科動物的神經很簡單，更讓我想起生前養的那隻死貓。

說貓冷淡無情是假的，偶爾牠們興致大發的時候，也是很溫柔體貼的。以前我若傷心哭泣，我家的死貓就會滿屋子抓蟑螂，然後遞到我手上。若真找不到蟑螂，牠就會去叼幾顆沾滿口水的貓餅乾催促我吃。

……冰牛奶當然比半隻蟑螂好。但背後的意義實在相差不遠。

最重要的是，我討厭喝牛奶，卻不能推卻。

「我知道妳壓力很大。」Boss難得溫柔，「南子的功法又特別剋鬼，難怪妳情緒不好。可南子和六娘子是我的故人，他們倆又別有淵源，我不能把他們趕出去。」

「不是啦，我不是那個意思！」我也慌了，「我也不知道……就是覺得我特別沒用……」

「鬼仙威煞加上浩然正氣，妳就算多兩百年道行也是難受的。別說妳，讓城隍爺來，他也是逃之夭夭的份。」

……你也尊重一下台北最高長官好不？就算是實話，心底想想就好，別說出來。

「……到底是什麼淵源啊？」我小小聲的問。

他笑了起來，眼睛彎成兩個看熱鬧的月彎，「這說起來啊，可真是有趣的緊……」

六娘子生前就叫做陸六娘，是河間陸家（名門豪族）的千金小姐，排行第六。但六娘出生的時候，家道已然中落，她又是庶女，竟沒辦法替她準備一份好嫁妝，以致於所嫁非人，竟走了《紅樓夢》迎春小姐的不幸路線，慘遇一個中山狼似的夫婿。

唯一值得慶幸的是，陸家雖然家道中落，這位小姐也不受寵，但也感念骨肉親情，把她接回來，放置在莊子上，沒被折磨致死。也幸好她的奶娘和奶哥哥（奶娘的兒子）不離不棄，從婚前婚後，到被休回家，都護持左右。

她的奶娘雖然出身寒薄，卻非常有見識。不但將陸小姐教養得非常好，還竭盡所能教獨子讀書識字，甚至送他去學武。這個比陸小姐大十歲的奶哥哥也非常爭氣，雖然只在尋常武館學藝，卻天資穎悟的悟出一身好功夫，護持著母親和陸小姐一輩子。

日後奶娘病死，天下大亂、兵禍頻仍，也是這個奶哥哥保護著亦主亦妹的陸小姐周全。

但他們沒死於兵災，卻亡於人禍。一個修煉到元嬰後期的高人，奪了他們倆的魂魄。陸小姐因為八字合適的關係，被投入煉魂，抽離七情六慾，淨洗記憶。奶哥哥因為魂魄特別，死後忠煞之氣更盛，被那個高人收為鬼僕刺客了。

但所謂的高人將凡人視為螻蟻，基本上就是錯誤的。他自恃道法高深，能夠清洗鬼僕記憶，卻沒想到奶哥哥居然保留了神智清明，瞞過十年，刺殺了這個能夠問鼎成仙的高人，放了陸小姐自由。

可惜他一個未曾修煉的鬼僕，至此已經耗盡魂力，不得不投入冥府洗罪償業。

「這就是六娘子和南子的首次緣分。」灼璣笑瞇瞇的說，「妳注意到沒有？六娘子左手戴著七晴玦，右手戴著六玉環。事實上，那就是她被抽出來大半的七情六慾。那死老道煉了她的魂還不算，居然神經病的煉了她的七情六慾當法寶。

六娘子常說，仙者，不生死、不繁衍，仰無助於天，俯無益於地，乃天地蠹賊也……雖然常被罵，但我覺得她說得真對。」

但六娘和奶哥哥的緣分卻沒止於此。

六娘機緣巧合之下，誤打誤撞的走上修煉岐路，修煉了四百餘年，小有盛名。但別人煩惱的是六根不淨，她煩惱的卻是六根太過乾淨，以致於修煉遇到了麻煩。

剛好她遇到一對失去獨生女哀哀欲絕的老夫婦，已經回憶起部分前生的她被觸動了心腸。於是易容換形，成了這對老夫婦的女兒。

她的想法原本樸素而簡單。既然修煉遇到麻煩，不修也不怎麼樣。逃逃打打四百餘年，真敢對她動手的人也不多了。這對老夫婦晚年喪女，非常淒涼。不過十年、二十年的耽誤，這兩個慈祥良善的老人，不該落得無人送終的淒慘光景。

但她沒預料到，居然有人要強娶她這個偽民女，讓她很為難。反正已經決定要耽誤了，她也不想讓老人家擔驚受怕，於是默默的上了小轎，成了淮家老爺的第十三房小妾。

雖然淮家老爺倚強恃霸，但的確把兩個老人家安排得好好的，還破格讓她不時回去探望，她也就不欲為難這老頭。只是她終究還是鬼體，為了不害死那個白痴老爺，她乾脆下藥讓淮老爺自格兒樂去。成親數年，竟沒被看破過。

但老夫婦過世以後，她卻還留在淮家。

因為，她發現淮家的嫡子，有種強烈熟悉的感覺。她終於憶起，在她張開眼睛，茫然面對這個世界之初，那個魂力即將散盡，執手淚流的「哥哥」，告訴她，她叫做「陸六娘」，把七晴玦和六玉環放在她手心，要她好好活下去。

懷著複雜的情感，她守在淮家，默默看護這個活不過十二歲的孩子。名義上，這孩子還得喊她一聲十三姨娘。

但她千守萬守，卻還是守不過天命。就在這孩子十一歲的時候，淮老爺帶他去鄰鎮探望本家，卻在途中遭了強盜。等六娘縱陰風而至的時候，只見一地死人，那孩子只剩下一口氣了。

續命，不續命？她也茫然了。想逆天而行，唯有踏上修仙一途。但向來情感稀少的她，卻難得衝動的續了淮南生的命，帶他走上修仙的不歸路，扶持了百年。

「可是呢，六娘子還沒成仙之前，鬼氣還是會傷人的。」灼璣喝著本來要給我的冰牛奶，搖頭晃腦的說，「雖然她收斂得很好，可她身邊真的留不住什麼活著的東西。百年之後，南子因為累積的鬼氣渲染，大病一場，差點丟了命。六娘子把他託付給南瀛書院的洞玄先生，就飄然遠去了。可南子好死不死的居然在這場大病中窺得前世宿緣。於是他們就開始躲貓貓啦，沒完沒了的。

這場捉迷藏，雖然沒有上窮碧落，還真的下了黃泉。南子那死傢伙，腦筋死不轉彎。居然敢用那種半吊子的落陰術，追到陰山去了。不是我打獵剛好路過，他就死得不能再死了，直接去冥府報到。那時六娘子剛好在我家作客，那個表情真是精彩呀～我認識她以來，就沒見過她這麼有表情，這人救得太值了！」

……我說你這個幸災樂禍也太明顯了、太不良了。

想了想，我還是有些糊塗，「可是，六娘子成仙了。鬼氣應該不會傷害淮先生了吧？為什麼……？」

灼璣聳了聳肩，「啊知。六娘子的理由超搞笑的。她說，『我是死的，他是活的。』誰聽得懂？」

像是被雷劈中了，激靈了一下。

我懂，我很懂。就是太懂了，所以眼淚掉了出來。她不騙別人，也不騙自己。

「喂！」灼璣一整個變色了。

「……我去找乾爹下棋。」匆匆忙忙的，我拽了黑雨傘就往外奔。

我知道Boss會生氣，但我也沒辦法騙自己。灼璣是活的，我是死的。就算我沒有任何罪業，還是得去厲管所待個三、五十年洗戾，運氣不好得待個三、五百年。之後還有碗孟婆湯等我，來世我不可能記得灼璣。

這就是為什麼我當厲鬼當得這麼痛不欲生、苦不堪言，還是沒辦法下定決心離開的緣故。但灼璣是活著的。

陽冥兩隔，距離非常遼闊。

我蹲在乾爹那兒哭，乾爹也很無奈。阿貓摀著耳朵趴在地上哼哼，「我說啊，你們連八字都沒一撇，現在就哭……」看我放出彩蝶群，牠才慘叫著東逃西躲，「我不說、我不說了！你們會百年好合、早生貴子行不行……幹！這樣說也不行！救命啊～」

「……也不是沒有這種例子的啦。」乾爹很笨的安慰我，「都有人娶鬼妻還能生子的，也沒規定混血妖不成……」

「乾爹！」我又羞又怒，「不是那樣嘛！再說……那是十殿閻羅聯手特赦……人家還修了十世姻緣……」

「還說不是呢。」虎爺咕噥著。

我把彩蝶群喊回一半，虎爺也加入屁滾尿流的行列。

沒錯，我在遷怒。

結果懶斷骨頭的Boss居然勤勞的到土地祠把我接了回去，真令人訝異。

他沒看我，只是說，「……我又不是南子那種嬌弱的人類。我可是陰山交界的混血妖，都能在冥府上班了，怕個鳥鬼氣。」

我沒講話，只是把臉埋在黑雨傘的陰影裡頭。

「整天待在六娘子和南子的壓力下，妳才會這樣古古怪怪。」他將手背在腦門後，「這樣吧，反正冥府無差別格鬥競技要擴大舉辦了。我和麥克都報名了……妳和小紅帽一起來加油吧。」

「……我不想看你受傷。」我將臉一板。

「噢，我絕對不會受傷的。」他摸了摸鼻子，「當作員工旅遊吧。我說過，該有的員工福利一定不會少的。」

「……我會帶很多冰牛奶。」

「我就知道我的祕書是很專業、很貼心的。」他笑出兩顆閃亮亮的虎牙。

＊　＊　＊

冥府無差別格鬥賽因為擴大舉辦，選址在陰山北面，與妖界交會之處，算是個三不管地帶。

今年之所以擴大舉辦，是因為人間人口暴增後，厲鬼邪魂也跟著水漲船高，要靠冥府的舊有編制實在應付不來，所以獵捕署僱聘了許多編外人員，種族非常複雜。

但有個共通點：都很好鬥。

以前的冥府排行幾乎都是編制內武官的事情，獵手們更是強制都要參加，這些編外人員未免不平。要知道，冥府提供的微薄薪資（福報）對這些高手們來說簡直可以忽略不計，重要的是武名遠揚和名聲在外。冥府不可能開放內部審核給他們，但是無差別格鬥倒是很從善如流的擴大報名。

聽Boss解釋到最後，我恍然大悟。義消嘛！編制內的武官就像是警察和消防隊員，編制外這些高手就是義警和義消。

只是這些高手義警和義消覺得比警察和消防隊員高竿，爭取參加警消聯合運動會……這樣我就懂了。

我這麼一解釋，卿卿很嚴肅的點頭，只有麥克一臉茫然，Boss抬頭看著天空不語，不知道受了什麼打擊，一整個無語問蒼天。

卿卿輕聲解釋給麥克聽，我看著Boss一臉愴然，「我說得不對？」

「……很對。」他瞥了阿貓一眼，「守好。」

那隻欺善怕惡的死貓在地上諂媚的滾了三圈，噁心的喵了一長聲，我都冒雞皮疙瘩。

我不是很懂他們的比賽規則。不過因為比賽的人很多，所以分成好幾十個館。麥克先出賽，我才知道為什麼初賽稱為「生存賽」。

每百人一場，只要被踹下擂台就失去複賽資格。所有的人幾乎都先相中當中的弱者，先行清除，才是高手的比拚……本來應該是這樣。

在眾多虎背熊腰、相貌猙獰的對手中，麥克看起來分外柔弱年少。尤其是他沒有所謂的修為，特別像是好吃的蛋糕。

但他們倒楣的對手，很快就發現這塊蛋糕是金剛石鑄造的，能繃滿嘴牙。

因為不能殺人，麥克的軍刀沒有出鞘。但未出鞘的軍刀，卻挨著骨折、擦著重傷。他根本不管眼前是強是弱，勢若瘋虎，非常豪邁的橫掃千軍萬馬，不停有選手飛出擂台，臉上或身上烙著清晰的軍靴鞋印，翻著白眼口吐白沫……

我都有點不忍心看了。

但是阿貓非常興致勃勃，口沫橫飛可比運動記者，「啊呀呀，不得了不得了，金髮帥哥麥克軍官以黑馬之姿，左踢南山猛虎，右劈北海蛟龍，是那個所向無敵啊！真是咱們冥府無差別格鬥以來最生猛的生力軍！……各位觀眾！十個！麥小哥一劍劈飛十個！請叫他麥克．葉問！……」

吵得要死。要不是顧慮到卿卿看不見，我就把牠扔出觀眾席。

卿卿緊張極了，低聲問，「長生，麥克有沒有受傷？」

我搔了搔頭。麥克是那種一往無前、充滿軍人狠戾的金屬暴力風格，就算再怎麼強，這樣硬碰硬一定是會受傷的。但我不知道怎麼告訴小紅帽才好。

將棒球帽壓低，扠手在座位上假寐的Boss懶洋洋的說，「沒事兒。只有些小傷，塗塗口水就好了。」

……是說橫跨後背的三道鮮血淋漓的刀傷（還是爪傷？看不清楚），真的塗口水會好嗎……？

不過我沒搭腔。麥克和卿卿這對不怎麼正經的騎士和公主，感情非比一般。卿卿雖然是ESP超能力少女，但她的壽算很短。她來打工，所得福報簡直是杯水車薪，不頂什麼用。

她能活到四十歲，已經是絕對的上限了。

照她的資質，要逆天修仙，是絕對沒問題的，也有不少高人試圖接觸她，可她不要，麥克也不願意。

麥克中文很破，我跟他談了好久才勉強了解他的意思。他的想法很單純：卿卿這輩子看不見已經太苦，希望她好好活完這輩子，下輩子累積的福報能讓她重獲視力。

「我會去找她呀，會找到的。」麥克的眼睛很澄澈，「認得我，很棒。不認得，偷偷保護。」

面對生老病死和輪迴，他們倆充滿勇氣，只想笑著過好每一天。相較之下，我實在很怯懦。

才出了一會兒的神，麥克的生存賽已經結束了。他收起軍刀，毫無懸念的獲得這場生存賽的晉階資格。

他很興奮的直接跳上觀眾席，一疊聲的問，「小姐，榮耀妳了嗎？」

卿卿抱住他，「痛嗎？受傷了？重不重呀？痛不痛？」

然後兩個嘀嘀咕咕的說德語，親親抱抱蹭蹭，開始冒粉紅色的泡泡和小花小朵，我剛剛的愁思立刻轉成數百層疊加的雞皮疙瘩。

Boss咳了一聲，「嗯，我不需要這樣的『獎勵』。」

……你混帳。此地無銀三百兩！

他把棒球帽推高了些，在陰影裡對我微笑，「別受傷是吧？」

「最好別受傷。」我謹慎的說。

他低低笑了一聲，「好吧。」

輪到Boss的時候，我發現我真的很緊張。

他個子本來就不高，就算穿著草綠色的T恤、迷彩軍褲和軍靴，還是顯得很小。棒球帽壓著眉緣，大半個臉都藏在陰影下，只看得到懶洋洋的笑容，雙手還插在褲袋裡，穩穩的站在擂台的最中間。

七百年道行，說高不高，說低不低。雖然我還是這樣沒路用的厲鬼，但也感覺到擂台上的參賽者，有幾個非常強悍，道行恐怕破千都有找。

本來嘛，Boss的諸項審核都只是中等，他會在無差別格鬥中脫穎而出，主要是因為他善機變，能夠讓諸多僅屬中等的技能和技巧交織應用，才成就了他的強悍。

我突然有點後悔，不該跟他說「別受傷」。這樣他要在生存賽取得勝利，定是倍加困難。

等生存賽開始，我心情更加緊繃。和麥克那場的一盤散沙不同，這百名參賽者中，居然出現了幾個集團式的攻擊，發出強大範圍法術的光芒。

從阿貓囉哩囉唆的講解中，我才知道，一般這種生存賽不太有人會發大範圍法術。因為法術是由姿勢（指訣）、媒介（法寶）、咒（語言或咒歌）構成的。當然也有驅使法寶瞬發的法術，但那就威力非常小。法術越厲害，施法的時間就越長，施法者在行術時也越脆弱。

大範圍攻擊式法術，當然非常有效，但施法的時間也是要命的長。可這種場合用防禦式的法寶，等於要分神兩控，在劇烈碰撞中也容易消磨防禦的效力。

這場生存賽的賽者，應該有同團隊的，例如門派或家族，他們非常有默契的結成臨時聯盟，決定先拚掉其他人，再來公平角逐。

無疑的，非常明智。但對孤家寡人的Boss，卻非常不利。

只見他壓在棒球帽下的臉孔微微一笑，猛然一踏軍靴，輕靈無比的往後踅步，異常從容，手依舊插在口袋裡，看似不甚快，卻險之又險從眾多拳腳和法術爆炸的間隙閃身而過。

宛如貓步舞蹈，踏著奇妙的節奏，偶爾跳起騰空，又若無其事的落地，在硝煙拳風中漫行。

「老大就是老大啊！」阿貓尖叫，完全忘記牠的體育記者腔，「算得這樣剛好，絲絲入扣！不愧是我幻影貓的老大！老大老大！」

可我……不知道為什麼，在心底冒出來的，卻是「如歌般行板」這樣怪異的形容詞。

的確是如歌般的行板。他遵循著一種聽不見的和諧音樂，將自己化為風、化為飄蕩的柳絮，踏著一個個莫名的音符，用一種貓科的姿態。噙著淡笑，在紊亂狂暴的戰鬥中，整理出規律的節奏。

所謂的感動天地，是不是領悟到天地間的節奏，然後變成自己和諧的節奏？

台上的人越來越少，最後只剩下最強悍的三人小組……和灼璣。

這首怪異的交響樂，也終於到了尾聲。

他的笑意更濃了些，猛踏三步前進，迥異於之前的輕靈，反而厚重若千山之重。避開兩個顯然敏於近戰的對手，一拐一踢，就讓那位發出龐大範圍法術的參賽者飛出擂台。

又迅雷不及掩耳的踮步迴旋，阿貓尖叫著說他連踢了四次，我卻怎麼看也只有一次……又把一個參賽者踢了下去。最後的參賽者趁他似乎腳步不穩的時候撲了來，我只覺得眼一花，他不知道怎麼閃到這個倒楣鬼的背後，借力使力的用靴尖在倒楣鬼的屁股一點……

於是，台上只剩下他一個人。

從頭到尾，他的手都插在褲袋裡，懶洋洋的笑容，也沒有變。

龐大的會場安靜了幾秒鐘，突然爆出巨大的歡呼。

我卻一直在發怔，像是領悟到什麼似的。但我真的領悟到什麼……又說不出來。

直到他懶懶的走上來，癱在我旁邊的位置，我才略略回神。

「欸，我沒受傷。」他把棒球帽壓低了些。

不知道為什麼，我滿臉通紅，臉孔燒得可怕。匆匆低下頭，從保溫瓶裡倒了一杯冰牛奶出來。

他卻沒接，反而合十奉請，「妳先喝一口。」

……灼璣你果然是個混帳！

在周遭目光的壓力下，我撐沒多久就屈服了，草草啜了一口，趕緊遞給他。

Boss就著我喝過的地方，眼睛笑得非常得意，大口大口的灌冰牛奶。

在阿貓尖叫的起鬨聲中，和公主騎士的賊笑裡，我羞愧得連臉都抬不起來。

我應該拚著肚子痛，也在冰牛奶裡下鶴頂紅才對。

之七　燭陰

冥府無差別格鬥大賽在陰山之北的荒原舉行，是個三不管地帶。面積我不知道算不算大……據阿貓說，大約有半個台灣的大小。因為大賽的舉行，在荒蕪中建起許多宏偉的格鬥館和附屬建設，是冥府得意的法術建築工藝極致的表現。

原本用於舉辦比賽的只有六分之一的建築群，其他都是為了本屆義消……我是說，那些編外高手的要求，所以趕工擴建。但因為各地趕來的參賽隊伍和觀眾，這龐大比賽建築群儼然成了一個臨時城市，不但讓收門票和開旅館的冥府賺了個缽滿盆滿，連附近的混血妖族多了許多工作機會，狠狠地賺上一筆。

當我看著到處矗立的廣告看板和先進的電子跑馬燈，默然無語。聽說這屆格鬥大賽的舉辦人，是從冥府西方分部提調上來的某任奧會主席……

我還真的相信了。

可我們沒在那個熱鬧無比的大賽城逛太久。實在我不知道冥府高層到底是重視Boss還是討厭Boss。明明把他扔在最麻煩、最複雜、最沒人的台灣分局百年之久，但又讓他大剌剌的排在最前幾批初賽，還准假讓他在複賽之前回家。

搞不懂。

因為初賽的人太多，就算百人一賽也要比上一整個月。Boss若無其事的雇輛陰風獸拉的車，帶我們往他家去了。

那個陰風獸……足足有房子那麼大，不管怎麼看，都是巨大無比的蛞蝓。看牠跑步，真能讓人渾身滾雞皮。這條巨大蛞蝓拉著車，卻在身下浮出長長陰雲，跑得超快，風颳得臉生疼，我猜時速破百了。

結果全車的人都沒事，只有我一到目的地立刻滾下車蹲著吐。

「……小紅帽都沒事，妳吐什麼？」Boss的聲音充滿悲傷和無奈。

「因為我是繼往開來，前無古人、後無來者，天下第一廢的厲鬼。」我自暴自棄的說。

「最少妳有『誠實』這個優良品德。」Boss非常誠懇。

……我決心自己配王水了，好替他的冰牛奶增味。

灼璣的家鄉離荒原不遠，離荒原約百里左右，名為燭陰。但靠近冥府的地方真的不要指望有什麼山明水秀。地勢險惡，高山峻谷。雖然我沒去過雲南石林和大峽谷，好歹也看過圖片。

燭陰就像是擋在陰山和妖界的美國大峽谷，規模卻更宏偉怪誕，拔天而起許多光禿禿的石峰，自成一群，成為讓人望之生畏的龐大石林。

靠近看才發現有些石峰被開鑿雕琢，成了天然的高樓大廈。「大廈」之間牽了許多條手臂粗的繩索（距離當然非常遠），不少人蹦蹦跳跳的在上面行走。

我看得腿都軟了。

「Boss……你家在幾樓？」我的聲音都在發抖。

「一〇一。」灼璣淡淡的回答。

「哇，頂樓嗎？」卿卿握著麥克的手，從他的眼底看出去，非常興奮。

「不，頂樓是二三五。」灼璣輕笑，「但是樓頂餐廳可以去，晚點咱們去喝點小酒，很棒的。」

每個人都在歡呼，除了我。

等要上「電梯」，我抱著雕琢華美秀麗的燈柱不肯動。

那是什麼見鬼的電梯啊～?!

沒有牆壁、沒有屋頂，只有一塊青石板。甚至沒有可以按樓層的按鈕。人就踏在上面，打出手訣，然後青石板就因為陣法的力量迅速往上漂浮……

連個扶手都沒有！

「上來。」Boss皺眉了。

「不！」我慘呼，死都不肯放開燈柱，「一陣山風就可以把我颳下來了！會死的！」

「小姐，妳早就死了。」Boss上來拽我的手。

「懼高是人的天性，你懂不懂？懂不懂？」我拚命掙扎，「不要不要不要不要～」

他無奈的看我，「好吧。」

然後他一個迴旋踢，踢在燈柱上。我只覺得手一麻，雕刻精美的玉柱垮成一堆石粉。

他趁我愣住的時候，將我扯上青石板電梯，飛快的打出手訣。

等我想跳下去的時候……已經有四層樓高了。即使多了兩百年道行，我還是非常悲哀、不會飛的厲鬼。

到十樓時，我抱著Boss的胳臂發抖。到二十樓時，我乾脆手腳並用的爬到他背上，死都不敢鬆手。

「……長生。」Boss的聲音有點悶，「我的頭上沒有梯子，妳爬不上去的。」

「放我下去啊！嗚嗚嗚……」

覺得我很誇張？

你要不要試試，在一〇一大廈外面搭搭洗玻璃的便車？洗玻璃的最少還有四面欄杆，這個青石板可是啥都沒有啊!!

我還能撐著不昏倒，已經很勇敢了！又不會說死過膽子就會突然變大！

等到了一〇一樓，從青石板跨進石峰大樓。那個青石板和大樓間居然不是密合的，留有大約半尺的空隙，我看得頭一陣陣發暈。

Boss感慨，「幸好我媽生給我的脖子還滿強壯的，不然早讓妳掐斷了。」他沉默了一會兒，「長生，妳要讓我背進家門？」

「……我手腳都抽筋了。」

「……鬼跟人抽什麼筋啊妳？」

麥克終於忍不住，放聲狂笑。我覺得很悲哀，真的很悲哀。因為麥克的薪資不歸我管，我不能扣他薪水。

還是卿卿幫著把我「拔」下來，Boss總算是給我留點顏面，等我驚魂甫定才去敲他們家大門。

「媽！我回來了！」他頗有節奏的敲著門，揮手叫我們站到牆邊去。

兩扇氣派的石門豁然大開，三把鋒利的菜刀發出驚人的殺氣飛了出來，像是導彈般追著Boss呼嘯。他眉眼不抬，行雲流水般貓了幾步，那三把菜刀噹噹噹的插入了地板，直至沒柄。

……難怪他叫我們靠牆站。我只覺得背上冷汗涔涔，緩緩的濡濕了背。

「不肖子！你還知道家門朝哪開，啊?!」一個美麗的少婦如狂風般帶著七、八把飛著的菜刀衝出來，劈頭就連砍，「大禹爺還只是三過家門不入，時間也不過十三年……你比大禹爺出息啦，吭？」

「三十年？」灼璣皺著眉算，一面間不容髮的閃過銳利的刀鋒。

「三十九！」少婦怒吼。

他一踢牆後飛騰避開四把菜刀，蹲身跳下，「媽，我帶部屬來作客。」

Boss媽愣然的回頭看我們，原本在她身邊像衛星飛舞的菜刀噹噹的掉在地上，捧臉驚呼一聲，就飛快的衝回屋裡，「混帳東西，也不早說！」

她帶過的強大氣流颳亂了我們的頭髮，一整個風中凌亂。

灼璣泰然自若的一拍地板，菜刀全飛舞起來，像是衛星般環繞他，很平靜的說，「我媽比較活潑，習慣就好了。」

我們全體帶著苦澀的乾笑，連嚴肅剛厲的麥克都湧起了敬意。我呢，則是心裡替Boss媽畫上了金邊龍框，標示為精英首領。危險度是SSS級。

連大氣都不敢喘的走進Boss的家，意外的清幽雅緻，我還以為我到了耕讀園。怎麼也沒想到石峰開鑿的高樓大廈，屋裡居然藏著十來坪大的荷花池，一整個福地洞天起來。

門簾一掀，原本殺氣騰騰的精英女王……我是說Boss媽，搖身一變，溫柔閨秀，望之若觀音，和煦若春風……這麼巨大的反差完完全全震住了我們。

「我忘了講，」Boss老神在在的說，「我媽不但比較活潑，還很愛演。」

強繃住淑女風範的Boss媽掩口輕笑，「這孩子不拆我的臺日子就難過……你們有這樣的老闆真是辛苦了，好整齊的幾個孩子，把這兒當自己家……坐坐坐，別站著。」

聊了一會兒，真覺得Boss媽人真好。我們這幾個呈現聯合國狀態，她都一視同仁的溫柔。她特別喜歡卿卿，拉著卿卿的手說笑，一直說她很想要個這樣的女兒。

沒多久，Boss的兩個弟弟也跑回來了，大的叫灼珪，小的叫灼璋。令人訝異的帥氣英俊，高大挺拔，像是一對兒漂亮的白樺樹。身高只有一七多的Boss讓他們一襯，倒像是弟弟而不是長兄了。

那對兄弟對麥克很有興趣，雖然語言不怎麼通，但是三個比手畫腳的，似乎是在論武。

Boss倒是頗有長兄風範的開口，「這些都是我的部屬，灼珪，交給你安排了。灼璋，幫著你二哥招呼。」

「切，幾年不見就有官架子了。」灼珪嘲笑，卻很熱情的招呼，「麥克、小卿，還有那位長生小姐，請請！我哥那個涼薄鬼難得請人來……」

我才站起來，Boss卻朝我一攔，「這個不用。這是我的。」

我目瞪口呆的看著Boss，一室死寂。他抬起頭，輕咳一聲，「長生是我的女祕書，跟著我就行了，不用招呼。」

「假公濟私。」灼珪說。

「監守自盜。」灼璋說。

「太無恥了。」Boss媽說，「不過幹得好。不愧是呼延家的人。」

Boss看了他媽媽一眼，像是衡量了一下，轉身狠厲的踹向灼珪，屈肘砸向灼璋。

我一直以為，Boss因為個子比較小，所以走敏捷輕靈路線……沒想到我錯了。他這一踹一砸，其勢宛如泰山壓頂，凌厲沉重……那個漂亮的荷花池讓他一拳給砸沒了。

抱頭鼠竄之餘，我突然想到一句話：龍生龍、鳳生鳳。精英霸王龍的孩子，絕對山搖地動。

幸好麥克雖然躍躍欲試，但還是把我們兩個弱女子護去牆角了，才沒被霸王龍的暴動波及到。但樓上樓下的鄰居就不幹了，扯著嗓子如綻春雷，「你們家死灼璣回來就拆房子是怎樣，吭?!給不給人安生了!!」

於是精英Boss媽也跟著雷動九天，「通通給我滾出去！」細聲細語的對我們說，「我是說那三個渾小子，不要怕啊……」語氣一轉，轟然霹靂，「滾！滾得遠遠的打，死了的就埋在外面！打沒死的再回來！讓我知道打壞了誰的家，你們就挖個坑自己埋吧！」

……這是怎樣剽悍的一窩霸王龍……我是說，剽悍的一家人。

我不知道他們最後打成怎樣，因為我心力交瘁的在客房睡著了。

等Boss喚醒我，我趕緊朝他用力看了幾眼……看起來四肢俱全，神情寧定，大約沒有受什麼傷。

他雙手插在褲袋裡，「走吧。」

「去哪？」我糊裡糊塗的爬起來跟著，「麥克呢？卿卿呢？」

「灼珪帶去他的別居了。」他頓了一下，「這個石峰，是呼延家族的屬地。滿百歲成年，每個人都要在石峰布置一個別居，灼珪的是繼承三堂伯的。我的，是自己開鑿的。」

……這跟我說幹嘛？

要跨出大門，我小聲的問，「不跟呼延夫人打個招呼？」

「她去虐待學生了。我媽是燭陰高等學院武鬥系的教授。」他懶懶的笑了一下，「就說了，她個性比較活潑。」

……那是活潑而已嗎？

這時候，我們是在石峰第一百零一層的山腹裡行走，不知道是怎麼把光引進來的，溫和明亮。我才知道這山腹這樣的大……大得走了將近半個小時，才穿越一條甬道，抵達Boss的別居。

走到這裡，我已經完全繞昏。這石峰簡直是個龐大的蟻巢。

「用飛的就很快，不然走繩索也近。」Boss打開門，「但是……」他很沉重的嘆口氣，一副哀其不幸、怒其不爭的死樣子。

「是人就有懼高症！」

「妳是鬼啊長生。」

我沒跟他爭辯，跨進他的別居。廣大、空蕩。正中間擺了張茶几和蒲團，地上鋪著一張不知道是啥編的毛毯。牆壁開了極大的窗，向著灰沉微透亮光的天，窗下是張矮床，大概可以睡上四個人。

但傢俱都豪邁大氣，卻被更廣大空洞的空間一襯，顯得冰冷寂寥。

「我布置完別居以後，族長來評估，說我天性涼薄無情。」Boss淡淡的說。

「並沒有。」我皺眉回了一句。

他的手還是插在口袋裡，輕笑了聲，「嘿。」

左右看看，發現行李讓他提來茶几旁了，我從行李裡頭拿出保久奶，拿了杯子。

很容易就找到廚房。大概是擺設雖不同，格局上和辦公室沒有兩樣。

我一面用鬼靈之氣把保久奶弄得冰冷，一面端出去給他喝。

他坐在蒲團上，一臉幸福的喝牛奶。其實他討厭喝保久奶。他只愛喝鮮奶。但賽程要好幾個月，鮮奶有保存期限。

看他沒有抱怨，我也心安了些。

他喝完了牛奶，沉默的玩了一會兒杯子。「這別居是屬於我的。我媽媽、兩個弟弟，妳都見過了。有沒有什麼問題想問？」

……關我什麼事情？我為什麼要問？我只覺得後背沁冷汗，耳朵發燒。

沉默了好久，我小心翼翼的抬頭，Boss還保持相同的姿態，真的在等我的問題。

「呃……」我清了清嗓子，「那、那個……令尊呢？」

「我爸？」Boss有點為難的想了想，指著窗外遙遠的綠意，「在那邊，妖界。決賽聽說他會出席……」他懶洋洋的笑了一下，「到時候讓妳見見吧……雖然我不想見他。」

……我有什麼理由必須要見他啊?!

幸好他沒再說什麼，只是領我去客房休息。客房就小多了，但很溫馨舒服，甚至擺著一個荷花缸。他說那是幻術，不是真的荷花。我想這可能是準備給Boss媽偶爾來的時候住的。

光這點，我就覺得那個什麼族長是錯的。Boss只是傲嬌，什麼情緒都蓋在懶洋洋底下，一點都不涼薄。

「喜歡嗎？」他手還是插在口袋裡，倚著門框，看我坐在床沿。

「很舒服、很溫馨。」我點頭。

他笑得粲然，兩顆小虎牙閃閃發亮。

可他就這樣靠在門邊，沒走，但也沒說話。氣氛很奇怪，非常奇怪。

我艱難的開口，「Boss，你不累嗎？」

「唔，」他沒回答我，「書在架子上。有本《漱玉詞》，我看著還不錯。」這才幫我關上門，踏著鏗鏗的軍靴，走了。

我坐了一下兒，說不出什麼滋味的起身，去拿那本《漱玉詞》。裡頭夾了一片樹葉。

那是很普通的紅葉，邊緣還有點乾枯、不完整。但我呆住了。

每個人都有難以忘懷的第一次，連死掉的我都不例外。剛被送完肉粽，我驚慌失措，既看不到人，也看不到鬼，這世界於我來說是一片只有「物」而沒有「人」的構成。

非常非常害怕的我，守著自己墓碑，漸漸冷靜下來。我想到很久以前看的老電影《第六感生死戀》，死去的鬼魂學會怎麼跟世界有交集。

我想盡辦法，專心一意的試圖拿起一片樹葉。花了很久很久的時間……才拿起來。

就是這片殘缺的紅葉。

捻著這片紅葉，我高興的哭了起來。也是因為這片紅葉的連結，我和這個世界又重新有了關係，終於不再只有「物」。

而我抬頭起來看到的第一個人，就是灼璣。

我還記得，他像是沒有骨頭似的倚在樹旁，雙手插著口袋，饒有興趣的看著我，笑起來兩顆閃亮的小虎牙，像是青澀少年。

我就是讓他貌似純真給騙了，簽了那份公元999,999年才到期的合約。

他居然還留著這片紅葉，慎重的帶回別居收藏起來。

我把紅葉夾回去，摔在床上，把發燒的臉埋在枕頭上，死都不敢想，他到底是什麼意思。

我煩惱了一整夜，在床上翻過來翻過去，心像是在油鍋裡沸騰似的。

真說不出是什麼滋味，高興還是驚嚇，說不定都有一點兒。但又隱隱有些悲傷和焦躁。

總之我亂想了一夜，又完全沒有任何結論，非常經典的呈現了束手無策的狀態。

等我起床梳洗，發現我又有了厲鬼不該有的黑眼圈，悶得我一下下的用額頭磕鏡子。

就在這樣七上八下，又憂愁又竊喜的小心思中，異常複雜的走出客房，鼓足勇氣面對灼璣。

他懶洋洋的盤坐在蒲團上，同樣懶洋洋的笑，「怎麼樣？長生，我的員工福利很不錯對吧？誰家能有員工旅遊呢？」

我很慶幸，真的很慶幸。幸好沒問出任何該死的問題，比方說你喜不喜歡我之類的……不然只好從一〇一樓跳下去。

……你他媽的員工福利，去你媽的員工旅遊啦！

「是。」我硬梆梆的回答，「非常好。」

他定定的看我，好一會兒才露出戲謔的笑，「長生，冰牛奶。」

我僵硬的去弄牛奶，他在我背後笑個不停。

笑笑笑，有什麼好笑的？該死的貓男，天底下所有該死的傲嬌貓！坦白一點會死嗎？

我真恨貓這種生物。

Boss像是完全忘記《漱玉詞》夾著的紅葉，和昨天奇怪的氣氛。基於「優厚員工福利」的原則，他帶我到處訪友……甚至帶我去樓頂餐廳吃飯。

但他徹底解決了我的懼高症……他把我裝在黑雨傘裡扛著飛來飛去，到了目的地才把我倒出來。

倒出來我都得暈好一會兒，慌亂的亂撈想抓點什麼穩住重心……卻總是撈到Boss的胳臂。

「我討厭這樣！」我眼前的景物都出現雙影，天空都在打轉。

「不然我帶著妳飛？還是我乾脆教妳飛算了……厲鬼不會飛，招人笑話。」

「……我不是外勤，用不著。」我弱弱的回答。

青石板電梯我都不敢搭了，何況飛？對不起喔，我就是死太快太像人，我就是有懼高症啊怎麼樣？

他長嘆一聲，「總之我會帶著妳。我是個遵守合約精神的老闆……有沒有很感動？」

「還真是謝謝你唷，Boss。」我從牙縫裡迸出咬牙切齒的「感謝」。

「不客氣的，長生。」他很和藹可親的回答。

我氣得說不出話來了。

不過灼璣帶我去訪的友，很奇妙，都是混血妖族娶鬼妻的夫妻檔。不多，只有兩對。幾乎都是在冥府當公務員，和同事日久生情。但因為沒有取得閻王的特赦令，所以還沒能有小孩。

這兩對夫妻或沉穩或活潑，有的努力攢福報爭取升職，好有資格申請特赦令，有的平淡度日，只是鬼妻戮力修魔，等凝聚魔體，也就等於有了新的肉體，擺脫鬼魂孤清虛無的命運。

在頂樓餐廳喝牛奶酒的時候，Boss淡淡的說，「燭陰呢，生活不易。一年沒有幾天日照，糧食稀少、冥氣逼人，天災人禍層出不窮。可這裡，比人間還自由些。」

呼出一口酒氣，「什麼死的活的，根本不重要。」

「……你要我回去這麼勸鬼仙大人？」

他瞪圓了杏眼，有些洩氣的撐著臉，「……長生，妳肯定打破大腦腐爛最速的記錄。」

我根本沒跟他爭。因為我把那杯滿是冰塊的牛奶酒，慢騰騰的澆在他腦門上。

他撐著臉沒動看我，我也瞪著他。最後他甩了甩頭，就把滿頭冰塊和酒都甩乾了，令人嘆為觀止。

「本來還想帶妳去見太爺爺，不過一直沒春天，看起來他一直在睡覺。」

他突兀的轉了話題，「以後有機會再說好了。」

「太爺爺？」我納悶了。

「其實要叫玄外祖，他老人家是承認，但近千年來他只醒過兩次。」Boss淡淡的說，「此地名為燭陰，就是以他為名。」他的笑轉為微寒，「他的另一個名字比較響亮，燭龍，妳知道吧？我老爸是他二十八代嫡孫。」

像是當空響起驚人的霹靂，我被雷得焦黑。

燭龍！與世界一起誕生下來的上古龍神！

人面龍身，口中啣燭，在西北無日之處照明於幽陰。傳說他神通極大，睜眼時風和日麗，陽光普照，閉眼時昏天暗地，長夜降臨。一呼一吸，即可狂風萬里，揚首即可抵九天之上，擺尾直下十八重獄……

（以上不是我掰的，出自《世界種族百科全書》）

這可不是自誇出來的稱號，而是貨真價實，不屬天也不屬地，特立獨行的、真正的龍神！

「……Boss，你是他老人家第二十九代……」我訥訥的問，卻被他打斷。

「不是。」他很快的說，「我是呼延家的孩子。雖然我老爸有個高貴的血統，但我們都沒繼承到半點。」他神情稍緩，「太爺爺承認的是我媽，連帶我們這幾個孩子也可以探望他，就這樣而已。」

「……你爸呢？」我小心翼翼的問。

他笑得更深，但在慣常的懶洋洋中，透出一絲絲苦味。

伸手將我的頭髮揉得跟亂草堆一樣，「那又是另一個故事了。」拍桌又叫了兩杯牛奶酒。

*　　*　　*

燭陰，並不是冥府的官方稱呼。一般來說，冥府俗稱為「陰山之北」，或「國境」，真正的稱呼則是「微明」。暗示上古龍神的存在，才使這長年黑暗的荒僻之境，有了些微的光明。

但混血妖族卻不像冥府那樣敬畏得為尊者諱。對他們來說，這個長睡難醒的老龍爺，是賜給這片死寂之地微薄生機的親切長者。因為親切，所以用他的名字來當地名，是為燭陰。

是他啣起巨燭，照亮這一方幽冥。

混血妖族的起源已不可考，但遠晚於燭龍則是眾人認可的事實。

最具公信力的說法是，最早一批的移民，應該是被重視血統純粹的妖族從妖界放逐往這片荒山惡水的半妖族——人與妖相戀的混血兒。之後隨著對血緣純粹遵守得越發嚴格苛刻，連不同妖族間生下的混血兒也慘遭拋棄的命運。

最後能夠考據的，就是隨著純血妖族對「優良血緣」的狂熱追求，許多因為過度近親通婚而導致天生就沒有妖力的妖族，也被無情的放逐到燭陰來。

但不如純血妖族所想，這些能力遠遜於正統妖族的混血兒，必定會死於瘴癘陰冥之氣的陰山之北。相反的，這些混血兒如同石縫的小花小草，頑強的生存、繁衍，毫不在乎混了多少種異種的血緣。

於是，以家族（姓氏）為單位，自稱為混血妖族的棄民，旺旺盛盛的在燭陰紮了根。

雖說混血妖族妖力、體力上不如正統妖族，壽算普遍難以超越一千五百年，得證大道的妖仙在這麼漫長的時間也僅有個位數。更因為某些沒有妖力的先祖導致有些孩子天生就沒有妖術，陰冥之氣又是那樣陰厲，新生兒的存活率更是非常慘澹……

但他們還是堅強的存活下來，成為冥府不可或缺的一支異族生力軍。

他們善用自己繼承於妖族的強悍肉體，淬鍊不怎麼高明的妖術，將來自各個大妖族淺薄卻博大的知識冶煉成一爐，並且吸收人類群居的智慧，在險惡荒涼的燭陰燦出巨大的火花。

陰山之北少有日照，草木稀少，糧食甚缺。四時不正，不是百年大旱，就是滔天洪水。當中橫行的巨獸皆是洪荒遺種，一尾掃倒巨大石峰都不是什麼希罕之事。

混血妖族就用這樣雜得一塌糊塗的本事去適應、面對，事實證明他們活得很好。並且自傲的稱自己揉合了體術、妖法、道術和部分機關學與蠱毒的雜拌兒為「百衲學」。

百衲學，或稱百納學。百衲，是自嘲宛如乞丐般東家乞、西家討，化來百家布作成難看卻實用的一席寶衣。百納，則是自傲宛如長川大海，能容天下異樣種族，並蓄三界百般法門，去蕪存菁。

近百年來，原本被輕視嘲笑的「百納學」隨著混血妖族在冥府的漸放異彩，逐漸受到三界六道的重視。繼修羅道派留學生來燭陰學習外，天界也促進了和燭陰的學術交流，讓妖界非常難堪。

但是否能夠成為顯學之一，猶待觀察。

（摘自《世界種族百科全書》第一億八千六百零二版，燭陰混血妖族概論漫述）

之八　龍父

沒想到，燭陰還可以打電話回台北市的辦公室……只是前面的區碼多到讓我差點手抽筋。

留下鬼仙大人和淮先生看家，我覺得實在太僭越又太令人擔心了。但我唧唧聒聒講了半天，鬼仙大人一概沉默以對，最後才說，「都很好。」然後又不開口了。

……她七情六慾都被抽了大半，無口是應該的。我默默的掛了電話，又撥了更長的區碼打到淮先生的手機。

（是說這年頭……連真人都有手機。修仙人也真是日新月異……）

「喂？」

淮先生一開口，沒作好心理準備的我，就被這個字給命中眉心，立刻噴血。幸好有兩百年道行作底，沒翻跟斗。

「……淮先生，辦公室有什麼事情嗎？」按著額頭，我顫巍巍的問。

淮先生的表現就正常多了，最少他願意告訴我，別說人，連公文都沒人遞來。當然更沒什麼事情可做。還非常親切的要我們好好玩，有什麼事情他會處理。

他真的很親切……我也沒翻跟斗。只是眉心血流不止，還很尷尬的流了鼻血。

Boss遞手帕給我，「六娘子和南子聯手，誰敢去送死啊？」

「不是這麼講的嘛，」我爭辯，「他們都是不知道高到哪兒去的高人，請人家看家，怎麼可以不關心一下……」

他眼皮都不抬，「我替他們扛過多少事情，哪個敢多說一個字？」

……為什麼你連天仙級人物都敢耍流氓呢？我很納悶。

這個時候，我們正在石峰低層的大樓裡，看稻苗青青，隨著法術風微微搖曳。高高的天花板懸著無法逼視的光團，這感覺、這熱度，和有些想冒煙的味兒……都像具體而微的太陽。

混血妖族學妖法主要是為了實用性，打架耍帥那是順便。因為燭陰的天候風土實在太過惡劣，許多重要的糧食出產都移到石峰大廈內，五十樓以下會撥出大半來當「農場」，五十樓以上就離地氣太遠，只能當住家了。

農場裡的太陽、風、水源，都是妖法、道術，或者是機關術的結果，很讓人嘖嘖稱奇。

不過在這片窮山惡水中，看到生命力盎然的綠意，令人感動得非常厲害。在灼珪兄弟帶著卿卿和麥克滿山滿野的瘋去的時候，我和Boss除了訪友吃飯外，就是在溫室農場裡散步，聽他細數園藝心得，靜態得很。

我也很愛花花草草，但天生的鬼靈之氣就是活物的剋星。我既然不可能再享受開闢花園的樂趣，我不懂Boss幹嘛把我拖來這兒。

「燭陰的植物都很勇悍，不會妳走過就枯萎了。」他淡淡的說，旋即一笑，「欸，長生，我看我們還是退休吧。退休後來開一層農場，專種清腸稻，妳覺得怎麼樣？」

「Boss，」我嗤之以鼻，「你又不吃米飯。」

「那我們種一種會湧出牛奶的稻子好了。」

跟他爭辯是沒用的，可在野地沒杯子，我只能拿一包微溫的保久奶給他。事實證明，Boss也不是那麼嬌貴的。他老嚷著要冰牛奶，只是單純愛折騰我。這可不，微溫的保久奶他還不是喝得很高興。

「你弟弟他們把卿卿帶哪去了？」我有點憂心，「會不會有危險啊？」雖然有麥克在，但卿卿還是個柔弱並且眼睛看不見的人類小女孩。

灼璣嘆了很長一口氣，「長生，妳把小紅帽看輕了。是狗兒在，沒表現的機會。不然她一隻手就能打贏五個妳。」

我的臉慢慢的紅了起來……氣紅的。一時沒忍住，我吼了出來，「就算是事實你也不要說啊！」

「長生，雖然妳這麼鴕鳥……我還是會帶著妳的。」他很凝重的說，「放心，我不會嫌棄。咱們打過合約的嘛。」

我已經快被他活活氣死了……雖然我已經死了三年多。

不過等卿卿他們終於回來時，我在想，雖然灼璣很氣人，可已替我保留了面子。

當我看著卿卿拖著一隻十輪卡車那麼大的蜥蜴，我想，她一隻手可以打贏十個我。我連一個十六歲的人類盲少女都比不過……這厲鬼真的當來只有滿心傷痕。

而且更讓我驚嚇的是，他們四個晒得非常黑……黑到我不知道怎麼跟卿卿的媽媽解釋。

在日照稀少的燭陰，要怎麼樣才能晒得這樣黑啊?!

他們興奮得唧唧聒聒，一直說多緊張多刺激多好玩，那隻大蜥蜴是卿卿獨自獵到的，他們忍著沒烤來吃，就是打算帶回來顯擺顯擺。

可Boss的臉色卻越來越陰沉，「你們倆……帶人越境去妖界？」

灼珪和灼璋張了張嘴，手肘互碰半天，灼珪才鼓足勇氣開口，「也沒越很深，就邊界轉轉……」

「混帳！」Boss突然發怒了。

所有的人都靜了下來。

我以為那兩兄弟會回嘴，可他們倆卻可憐兮兮的低下頭，站得直直的，乖乖的聽Boss發飆。

「你們是小孩子嗎？一個小我十歲、一個小我十五歲，不小了！那邊跟我們不同，我們用不著去逢迎那邊，但也不必去恨那邊！又不是小孩子吵架，偷掐他們幾個果子，打他們幾頭獵物，解氣了？你們的自尊就值那些？呼延家的風骨哪去了？老媽的驕傲讓你們折騰得這樣廉價?!

客人呢？你們就這樣輕忽對待客人性命的安全?!」

我從來沒見過Boss這麼凶過，真把我震住了。他一直都懶懶的笑，沒骨頭似的癱著靠著，說話都是緩緩懶散的調子。

但他站在高大的兩個弟弟面前，挺著少年似的胸膛，嚴厲至極的斥責……

我沒有害怕，卻覺得心酸。

Boss媽有回酒醉了，對我哭了起來，說她對不起灼璣，讓還沒成年的Boss辛辛苦苦的帶大兩個弟弟，自己卻埋首工作好忘記情傷。

長兄如父。

但少年的灼璣抬頭，能看到誰，又有誰指引他呢？

我能做的事情真的很少。我只是戰戰兢兢的，端了杯冰牛奶過去。Boss回眼看我，沉默了一會兒，「自己好好想想。我哪能一輩子都盯在你們背後管著。」

他轉身離去，我擺手示意他們離開，趕緊去跟在Boss後面，手裡還捧著冰牛奶。

他站在窗前，望著極遙遠的綠意，現在我知道那邊是妖界了。

很久以後，牛奶都不冰了，他才轉身，疲倦的看我，「長生，我看退休還是不要回燭陰了。我總不能扶著這兩個長不大的混蛋一輩子。」

「Boss，」我小小聲的說，「我跟你簽了合約了。合約到期前，你去哪，我就跟去哪。可你別凶我，我是會哭的。」

他笑了，慵懶又有些無賴的笑，「好吧。」接過我手裡的冰牛奶，喝得挺歡暢的。

後來Boss獨自出門一趟，去哪我雖然不知道，但隱隱覺得，似乎跟這四個小孩私闖妖界有關。

這是Boss……截然不同的另一個面貌。跟那個懶在沙發上動也不想動，魔音穿腦的大喊大叫，要我頂著端午烈陽出去買牛奶的幼稚傢伙，完全湊不起來。

這幾個孩子偷偷跑來打聽，尤其是灼珪和灼璋，非常惶恐不安，灼璋還更害怕點。我看了很不忍，好生安慰了一番。

事實上，Boss到晚餐回來的時候，已經平靜了。他甚至把要命的偏食扔在一旁，吃Boss媽做的滿桌好菜，還挑了兩塊蜥蜴串肉吃，笑嘻嘻的，好像下午根本沒發過脾氣，殷勤的關心母親弟弟們的生活點滴。

這才發現，這窩霸王龍……我是說這剽悍的一家人，表面上的家長是Boss媽，實際上，Boss才是這個家庭隱然的重心。雖然Boss媽早就是頗富名聲的教授，兩個小他沒多少的弟弟（就妖怪的水準來說）又都是燭陰民軍的中階軍官（負責維護燭陰治安並且護衛狩獵隊），Boss又那麼多年沒回家。

但他們環繞著他，跟他拌嘴爭辯，也徵詢他的意見，爭著把這些年來的點點滴滴告訴他。連Boss媽那樣的猛人，都認真的跟Boss商量家族裡的重大事件，該怎麼表態。

其實是很溫馨的，但我卻感到一絲心酸的沉重。

因為，我總不免要想起，很久很久以前，那個孤單的少年。

雖說很少提及，但拼拼湊湊的，我也知道了，他們家的爸爸離開時，最小的灼璋才五歲，灼璣……二十一。

和人類的人生歷程不太相同，妖族，即使是混血妖族，他們的青春都很長，相較漫長的青春，幼兒期壓縮在出生後百年，老年期也是壽算將終的最後百年。

這比較類似動物，特別是貓科動物，而不像人。

但當時二十一歲的灼璣，勉強對比於人類的年紀，不過是個剛上小學的孩子罷了，比他的弟弟們真沒大多少。

但這個少年瘦削的肩膀上，就得壓上沉重得讓人幾乎不起，名為「父親」

的重擔。挑過了整個童年，挑了幾百年。

我覺得心口很疼。很疼很疼。

吃過飯散步回他的別居時，他雙手插在褲袋裡，有一搭沒一搭的閒聊，

「我媽的手藝還是不錯的，怎麼還吃那麼少？」

他整晚都在幫我佈菜，合十奉請。我頂多也只能嚐嚐味道，實體都是他吃掉的。

出神了一會兒，我低聲問，「Boss……要喝冰牛奶嗎？」

他停下腳步，回頭看我。我不敢看他，只是死命盯著自己腳尖。

「要。冰一點，最好冰得鼻根會酸。」

「好的。」我小小聲的回答。

嚴格來說，我遞過去的不是冰牛奶，已經步入牛奶冰沙的領域，我還給了他一把小湯匙。他連吃了十三杯，我真怕他把肚子給吃壞了。

但他不知道是複雜血緣的哪代先祖會因為牛奶「酒醉」，他醉態可掬的跟

我下象棋，最可悲的是，他醉得挪動棋子都會歪，還是把我殺得大敗，一盤都沒有贏。

連他倒在地毯上呼呼大睡前，都清脆喜悅的大喊過「將軍！」，才砰的一聲倒地。

但順著他一點，讓他開心一點，也不會怎麼樣吧？

若不是擦得快，我的眼淚差點兒滴在他臉上。拖了被子幫他蓋嚴實了，我還蹲了好一會兒，才無精打采的回房睡去。

過沒幾天，一個月匆匆而過。Boss得先回去準備複賽前的集合。結果他們這窩霸王龍……我是說，剽悍的呼延家，準備跟著我們一起去大賽城，給Boss和麥克加油打氣。

「想趁機去玩就說，還拿我當幌子。」Boss無奈起來。

Boss媽連掩飾都懶，「這請假的理由多好，不然哪能請這麼長的假？」兩個弟弟點頭如搗蒜。

果然這剽悍的霸王龍們真的是來玩的。跟到選手村旅館登記完，立刻不見蹤影，只有睡覺才回來。

他們神出鬼沒、早出晚歸，這沒有問題。卿卿和麥克同個房間同寢同食、同行同止，這也沒有問題。

有問題的是……為啥我跟Boss住同個套房還不給我換啊?!

「有兩張床啊。」Boss睜大杏眼，莫名其妙的看著我，掰著手指算，「大會只配給選手兩個房間。灼珪他們倆占的是麥克的名額，我媽占的是我的名額……」

「我去跟呼延夫人睡！」

Boss沒講話，搔了搔頭，「……妳若不介意，她的床上出現奇怪的人，發出奇怪聲音的話，我是沒意見。」

……可我很有意見。

我不得不接受這種尷尬的場面，因為整個大賽城的旅館都爆滿了。再說Boss的睡相很規矩，也沒帶給我什麼麻煩。

但灼珪和灼璋撞見我跟Boss同屋而居的時候，發出的怪叫和口哨聲，讓我很想掐斷他們的脖子。

這，讓我感到非常非常麻煩！

剛到選手村沒多久，Boss就接到行政命令。所有入選複賽的冥府公務員，都得參加晚上的晚會，並且在三天後參與短期集訓。

「什麼晚會……無聊。」Boss一臉鄙夷，有氣無力的喊，「長生，晚上讓妳見見我老爸。」

啊？我瞠目了。「冥府的晚會……為什麼會見到你老爸？」他老爸不是妖族的人嗎？

「哼。」Boss輕笑一聲，「因為他無聊。」

基本上，Boss完全無視行政命令中要求穿著禮服的要求，還是打扮得像個少年士兵，我也默默打消了去選購行頭的打算，依舊是一身寒酸的黑洋裝，跟在他背後去了。

果然是個無聊的晚會。不管在擂台上打得如何頭破血流、咬牙切齒，到這個高貴又有氣質的晚宴中，人人都故作風度和斯文輕聲細語的交談。我們附近那群，正在談唐宋八大家，我只能低頭抿了口清風釀（鬼魄專屬飲料）掩飾一下。

因為那個彪形大漢滔滔不絕的內容，是半年前我親手寫在某個冥府官方生活討論區的謬論。

沒想到會親眼目睹自己的文章被剽竊，還抄襲得錯誤百出，頗有喜感。

Boss大概也發覺了，只「嗤」了一聲，扶著我的手肘，往前走了些。「離遠點，」他嘴巴很毒的說，「被傳染笨蛋的話，會加速大腦腐敗。」

我艱難的嚥下嗓子裡的清風釀，沒噴在他臉上。被他毒舌荼毒的時候，我都暴跳如雷，但他荼毒別人的時候，我卻得小心不被嗆死，而且腹肌有運動過度的嫌疑，還得不斷擦淚花。

因為Boss的嘴又毒辣又犀利又爆笑，這個無聊的晚會變得非常有趣。

就在我差點忘記今晚的重點時，一個侍者靠近Boss，非常恭敬而小心翼翼的低聲說了幾句，他一臉無所謂的點點頭。

「走了，長生。」他聳肩，戴上棒球帽，「讓妳見見我老爸。」

穿過皇堂華麗的大會廳，垂著厚重法術絲幔的簾幕後，是大人物們的雅座，規模可比一個會議室了。

一個高而瘦的男子，寬袍大袖，站在窗邊，凝望著陰山之北難晴的陰暗天空沉思。

Boss雙手插在口袋裡，站了一個不怎麼正經的三七步。抬起棒球帽下的臉，懶洋洋的問，「姬先生，找我？」

那位「姬先生」轉過身來，我緩緩張大眼睛。

我想過很多次，Boss的老爸長什麼樣子的。我想，既然是龍神燭龍的二十八代嫡孫，很可能就像大會城所見的龍或蛟的高手們一樣，慨然若燕地男兒，兼有之王族貴氣和驕傲。更可能像灼珪他們帥氣漂亮，英俊挺拔。

但姬先生卻不是的。外貌年輕，自不消說，並不難看，但也就清秀文弱罷了。真正讓我驚嚇的是，他和Boss，真是像得不得了，宛如同個模子打造出來的雙生兄弟。

灼璣的出色，是因為他那貓樣氣質的慵懶和凌厲，相違背又相輔相成，從那種少年似的容貌裡透出強烈的吸引；姬先生則是深沉淡漠，骨子裡透出高潔而目下無塵的淡淡孤僻。絕對不會有人把他們搞混。

但他們的容貌，的確是非常相像的。說是父子，也絕對沒有人不相信。

負著手，姬先生淡淡的說，「把帽子拿掉。」

Boss輕笑一聲，連手都沒拿出口袋，動也沒動。

姬先生的劍眉緩緩聚攏，這才看到跟在Boss後面的我。他的目光宛如實質的銳劍，讓他刺得我心底直發寒氣……鬼氣萎縮，隱隱約約，體表滾著豔青的薄火。

Boss突然往前一擋，雙足與肩同寬，遮住了姬先生的視線，豔青薄火才無聲息的自動熄滅。

「她是誰？」姬先生冰冷的聲音響起。

「我的女祕書。」Boss聳肩，「她見過了老媽和兩個弟弟。雖然不想，不過還是得帶她來見見你。」頓了一頓，他輕笑一聲，「是太爺還睡著，等太爺醒了，我特地帶她去拜見太爺就是。」

「姬灼璣！」姬先生暴怒的吼，打破他的矜持淡漠。

「姬先生，我叫呼延灼璣，請不要喊錯。」他懶懶散散的笑，「咱們最後一次見面時，你不就是這樣要求？」他轉身，拍我的肩膀，「走啦，長生。我突然很想喝冰牛奶。」

「灼璣，」姬先生喊住他，皺緊眉，「我們就不能好好的談一談嗎？」

「走了，長生。發啥愣啊？」他推著我的背，往外走去。

「你自毀前途的娶鬼妻，我絕對不同意！」

Boss站住了。他回頭看著裂開淡漠驕傲外殼，氣急敗壞的生父，說……

「哈哈哈。」

聲音沒有絲毫歡意，卻充滿譏諷。他就拽著我的胳臂，離開了那個雅座。

走得很急，很快，沒多久我們就出了大會廳。為了取靜，舉辦晚會的大會廳在大賽城的邊陲地帶。走出來以後，從大會廳的熱烈，頓然走入灰暗孤冷的荒涼中。

難得的，總是灰暗陰沉的陰山之北，居然有孤月黯淡當空。

他放開我的胳臂，緩緩的在前面走著，往著選手村旅館的方向。我也默默的跟著。

不知道過了多久，Boss突然開口，「我跟他，長得很像吧？」

「……嗯。」

「但不只是臉長得很像，連個性都是一樣的……涼薄、不負責任。」他語聲漸輕，像是自言自語，「我很涼薄，只是機械似的扛起責任。」

「不是。」我忍住哽咽。

他停下腳步，遙望著黯淡殘月。「……長生，我害怕。」他轉身，我頭回看到他露出脆弱惶恐的神情，「我真的害怕，會不會變得跟他一樣。」

我難過，很難過。那樣不在乎懶洋洋的Boss，要流氓比吃飯還容易的灼璣，露出這樣惶恐的神情，把他掩蓋得那麼深的脆弱心病，顯現給我看。

我終於明白，為什麼他那麼不坦白，那麼彆扭。

他害怕自己。

「……我們簽過合約，Boss。」我小小聲的說，卻沒忍住眼淚，啜泣著，「我、我們……槓掉違約金，好、好不好？就、就算存夠違約金，也、也不能解約……好不好？好不好？」

淚眼模糊中，他笑了笑，按著我的頭，「長生，厲鬼是不哭的。妳怎麼……就教不會啊？」

「我、我……好不好？嗚……」我很想說，很多話想說，但被嗚咽切割得破破碎碎。

「好。」他輕輕扶著我的背，往前走，「好吧。」

我哭得渾身顫抖，因為要壓住嚎啕，反而抖得更厲害。抖到開冰箱拿牛奶的時候，差點撒出來，Boss沉默的接過牛奶，拖把椅子按我坐下，他則屈著一條腿，坐在床上。

「長生，妳就是愛哭。」他懶洋洋的嗓音恢復了平靜，遞了一包面紙，一口一口啜著牛奶，懶散寧靜的試圖轉移我的注意力，談起他完全不想談的父親。

姬先生的確是燭龍太爺的二十八代嫡孫。但這個命中註定要繼承姬龍氏家主的高貴妖族，卻是因為過度近親婚嫁，導致毫無天生妖術的龍。

雖然家人盡力的隱瞞，但瞞到他百歲成年，終於還是敗露了。根據嚴苛的妖族律法，即使血統高貴若此，還是被放逐到陰山之北。

接下來的故事就很平凡。呼延家的族人救了這個高貴的大少爺，因為對燭龍爺的孺慕，將他納入呼延家。漸漸習慣陰山之北的陰冥之氣和惡劣環境的姬隋，接受老族長的建議，跟從講師呼延臻（Boss媽），開始體術上的磨礪。

沒有天生妖術的姬隋，隨著體術的漸漸強大，也慢慢愛上那個活潑爽利的少女講師。經過十年追求，終於得償所願。婚後二十年間，生下三個可愛的孩子，個個存活又強健，可說是陰山之北罕有完全沒有遺憾的美滿家庭。

但在灼璣二十一歲那年，長睡不醒的燭龍太爺，睜開了眼睛，帶來千年來第二個長達兩年的春天。

而應該沉浸在家庭幸福中的姬隋，卻悄悄的拜訪了剛醒沒多久的太爺。對太爺來說，這樣一個小小的天生畸形根本只是舉手之勞。但重獲強大燭龍血脈妖力的姬隋，卻默默的越過邊境，回到妖界，並且展現繼承自燭龍太爺的嫡系強大，奪回家主之位，並且迅雷不及掩耳的娶了另一個長老的女兒。

Boss頓了一下，有些不自然的笑。「之間還發生了些破事，就不說了。好在太爺喚了我們去，替我們撐腰，也沒人真敢對我們怎麼樣。姬龍氏雖強，咱們呼延家也不是淨只會吃飯……何況太爺又發話了。」

我看他牛奶喝完了，趕緊去開冰箱，他歪著頭默默的看我走來走去，眼神很溫和。

「這些事兒，本來是不想對妳講。」他罕有的垂首順眉，「說了像是賣乖討便宜。可不管怎麼說，我怎麼不想承認，那還是我老爸。我讓妳見了所有家人……也不能說就這個不見。」

一時沒忍住，一滴眼淚就掉進牛奶杯裡。我慌著想倒掉，卻讓灼璣飛快的搶去喝了，害我很尷尬。

低頭了一會兒，他慢慢的開口，「我不講，妳也不會硬要挖，我知道。但那人……」他苦笑兩聲，「因為某種緣故，他又想起我們來，試圖干涉我們。我家那兩個混蛋乖乖待在燭陰，他沒得下手腳，只好針對我……」

他的語氣越發淡，「我從來沒帶過任何女孩子在身邊……今天恐怕打壞了他些算盤，讓他不怎麼高興。雖然說他也得瞧著冥府面子不鬧什麼新聞……可那種涼薄寡情自以為堅毅不折之輩，說不定會來找妳。

原本我在，也沒什麼可慮。但偏鬧新鮮花樣，搞什麼集訓。晚點我託人送妳回台北，安心等我回來吧。」

「……我要留下。」我很小聲、很認真的說。

「不行。」他想也沒想就拒絕了。

「Boss，我是你的女祕書。」我細聲細氣的說，盯著地毯上的花樣，「我承認我很笨……我是什麼都不會的厲鬼。但我有你的散彈槍，有阿貓保護我，還有鬼仙大人賜的錦帕。」

我緊張的看著他，不太有把握的吞了吞口水，「……我還有兩百年道行。」

他笑出來，讓我一下子火大了。憤然抬頭，晃著拳頭恐嚇，「你別忘了，你還被我打青過一隻眼睛！光憑這個，我就足以傲視很多很多人了！」

他笑得倒在床上，聲嘶力竭。滾了好一會兒才忍住笑，「……好吧。盡量跟麥克他們一起……哈哈哈哈哈～兩、兩百年道行！哈哈哈哈……」

我把剩下的牛奶都倒在他臉上，嗆了好幾下，他才終於停下那可惡的笑聲。

之後花了段時間，我才漸漸拼湊出所有的原貌。

姬隋回妖界沒兩天，姬龍氏就派了頂尖殺手來刺殺他在燭陰的妻子和年幼的孩子。靠著呼延家族極度護短和強悍，以及老龍神震怒的發話，才逃過一劫。

短暫清醒的老龍神非常憤怒和感傷，但傷心欲絕的玄孫媳和他懇談過後，含糊的宣布呼延臻是他們家的「閨女」，抹了和姬隋的婚姻關係，認了三個孩子是他的玄外孫。

也是太爺替他們撐腰，他們這樣的孤兒寡母才沒過得太苦。

燭陰實在是個環境太過惡劣的地方，種族要生存，就必須凝聚強大的向心力和嚴厲的規範。這些混血妖族以家族為單位群居，非常重視家庭這環。對父母的道德規範非常嚴厲，像姬隋這樣背恩拋家，還疑似謀害的父親，若還在燭陰，會被家族極度慘酷血腥的處死。

但過度嚴酷的道德和社會規範，也讓這三個孩子吃盡了苦頭。總是被懷疑繼承了那人的血統，未來必定刻薄寡恩。若不是太爺的承認，恐怕這三個孩子的童年更淒慘不堪。

我費力了解混血妖族的道德觀和社會結構，才算是略略能體會Boss內心強烈的「害怕」。

他是個貓樣般，愛自由的人，從來沒有改變過。但尚未成年就得扛住過度沉重的擔子，不管怎麼拚命，還是在內心深處感到疲憊、煩躁……冷漠。

可這些負面情緒又更加重了他的「害怕」。

直到他這麼大了，離家工作這樣久，他或許感覺到自由的甜美，但也很不理智的覺得歉疚，覺得拋棄了家人。

所以他只好懶洋洋的笑，懶散的喝著牛奶，掩蓋住他深入骨髓的「害怕」，自認是個涼薄的人。

我知道的。

雖然我沒有那種「害怕」，但我是人，曾經是。人類是情感最複雜的生物，若是願意、膽敢，用力的朝自己內心逼視……就會懂，真的會懂。

畢竟我也曾經是個人哪！

Boss去集訓之前，從影子裡拎出讓他嫌吵收起來的阿貓，牠還沒睡醒，張牙舞爪的咆哮一聲，卻被Boss淡淡的看了一眼嚇得全身的毛都豎直，可憐兮兮的喵了又喵。

等Boss一走遠，牠馬上故態復萌，「吵什麼吵？老子睡覺是很忙的！要知道老子也曾威震人間……」

我拿了根狗尾巴草在牠眼前晃，這隻號稱「曾經威震人間」的傢伙，揮舞著爪子亂抓，和路邊滿街子亂跑的野貓一點差別也沒有。

這個貓科動物為啥每隻都又驕傲又幼稚，衝突矛盾得這樣剛好呢？

「停住！」阿貓厲聲，「住手！別耍我了！」可牠身不由己的繼續揮著前爪，發出嗚嚕的喵聲。

「能停住你就停住啊。」我涼涼的揮舞狗尾巴草。

直到狗尾巴草七零八落，阿貓也氣喘如牛，我才放過牠。

欺負牠？不不不，誤會了。我只是為了性命安全，和保鏢好好的建立友善的關係。

「……妳見鬼！」癱在地上的阿貓淒厲的喊。

「大賽裡的選手，有六成是冥府中人，」我聳聳肩，「往窗外一看，大半都是鬼。」

阿貓氣得不跟我說話了。不過接下來幾天，牠的確老實多了。

果然，惡人人見人怕，貓也不例外。

因為Boss的警告讓我很警覺，我每天都乖乖待在房間裡做女紅。大賽城熱鬧非凡，許多小販聞風而來，賣很多稀奇古怪的東西。我還在旅館外面的市集買到蓬鬆如毛線的蜘蛛絲，正在慢騰騰學著鬼仙大人教的方法，揮著棒針，設法打一雙護腕出來。

公主和騎士總要到處玩玩，他們都還青春年少，難得有這樣的機會，人生難得一遇，我去當超強省電燈泡未免太不識時務。再說我足不出戶，那位姬先生再強悍，也不見得有種衝入冥府官方的旅館，衝進來讓我魂飛魄散。

咱就學鬼仙大人，說不定也能宅出個紡織品法寶達人的名聲。

「妳昨天睡得太好是吧？」阿貓問。

「還可以。怎樣？」

「果然是睡得太好，難怪到現在還在做夢。」牠惡毒的笑了兩聲，頓時噤聲，因為牠看到我拿著一團蜘蛛線團扔到牠眼前。

「我恨妳～」牠邊慘叫邊抱著蜘蛛線團滾來滾去，跑來跑去，追來追去……想來沒有空講話了。

我終於占到上風了，而不是以力服人……服貓，我很欣慰。果然摸透了Boss，就可以吃遍所有貓科動物夠夠。

但姬先生一定讀過《可蘭經》。《可蘭經》說，「如果你叫山走過來，山不過來，你就走過去。」

首先，他下了道請柬，要我走過去見他。

我馬上打電話去給北府城隍（沒辦法，我手邊沒電腦。城隍爺的八卦系統比網路還威），弄清楚了姬先生和冥府的關係，該知道的、不該知道的……連他為啥這樣討厭我，恨不得殺之後快……我都弄明白了。

要不是講八卦，怕長腦瘤的城隍爺還不會跟我講這麼久的電話。真是為了八卦不惜自身安危，令人肅然起敬。

無疑的，姬先生在妖界地位很高（廢話，太爺二十八代嫡孫欸！），出任與冥府邦交的窗口，等於是個大使。但妖界的眼光向來高，都盯在神魔兩界，對滿是死人的冥府就有些敷衍。

不過數大就是美。人間人口爆炸，順帶的冥府的鬼口也跟著爆炸。人多勢就眾（鬼多……），冥府雖然非常操勞，也不自覺的成了一方大勢力，一直崇尚力量，在神魔兩界求生存的妖界，也逐漸把目光擺到新興的冥府。

可惜，有個對妖界隱然不友善的混血妖族早早的卡位，人數雖然對龐大的冥府公務員來說不算多，但都是混血妖的精英，和冥府的行政結構早就融成一體，不分你我了。

被敷衍這麼久，冥府也樂得反將一軍，敷衍著還回去。

所以說呢，我不管姬先生的請柬，完全受冥府態度的支持。我很心安理得的置之不理。

更何況我又知道了姬先生恨不得將我除之而後快，我又不是脖子癢，自己去趴斷頭台。

說起來，我對他的惡感又更深了幾百層。這位悍然拋妻棄子、重奪家主之位的姬龍氏，娶了長老的女兒之後，除了生了個兒子，就再也沒有消息了。比起多子多孫、虎視眈眈的旁支分家，非常形隻影單、風雨飄搖。

瞧著別人兄弟齊心，其利斷金，他們嫡系卻只有個獨生子，危機感越來越深。這時候想起太爺承認的三個孩子了，很王霸之氣的下了道詔書，宣三個孩子來姬龍城。結果那張詔書據說進了呼延家的抽水馬桶，很讓三界六道看了一次極品的笑話。

後來不知怎麼起了幾次衝突，大約把Boss惹火了。當時Boss還不是獵手，是閻王侍前一品帶刀衛，那時的妖界大使也不是姬先生，而是他們姬家的某個紈褲，帶著一群無法無天的小紈褲當使節團（北府城隍爺原音重現），不知道怎麼冷嘲熱諷，惹惱了脾氣本來就不怎麼好的Boss，一傢伙廢了整團人，手段非常陰辣。

閻王當然大發雷霆之怒，革了他的官職。可來興師問罪的姬家長老罵了一句「雜種」，Boss那隻發狂的貓科動物差點吃了姬家長老，在閻王面前暴打使節，真把閻王活活氣死。

這時候，姬先生出來扮慈父了，說「冤家宜解不宜結」，不知道怎麼威脅利誘的，居然讓被打個半死的長老答應把女兒嫁給Boss。

閻王考慮了以後，沉吟良久，不知道怎麼跟Boss談的，只知道後堂雷霆閃爍、打雷閃電，閻王爺氣了一整個不輕……

於是，原本是閻王前備受倚重的一品帶刀衛，被扔去台灣分局那個超級茶包之地，當個沒有品的獵手，一扔就是百年。

城隍爺講起這些舊事，真是口沫橫飛，引人入勝，鞭辟入裡又鉅細靡遺。不愧是冥府最首屈一指的八卦系統。

我仔細想了很久，試圖分析姬先生的心理狀態是否異常……我猜想，恐怕是他那嫡親親的兒子不如人意，Boss又在冥府幹出名聲，就想乾脆捨個族女促成這樁婚事，收服桀驁的灼璣，用另一種方式認祖歸宗，還給他那純血的嫡子多條臂膀。

反正就算捧到頂天，灼璣就不是純血，家主之位，絕對沒他的份。

再者，閻王的確很欣賞灼璣。若妖界數一數二的姬龍氏成了灼璣的姻親和靠山，想讓他再上一步，當個什麼重要官員的，也不是難事。何況還可以和解父子間不該有的仇隙。

大家都算得挺美的……可我呸。

我猜Boss一定呸得比我用力，才會跑去當個沒有同事和部屬的獵手。

想清楚了以後，我連退了三張請柬。等到第四張，我煩了。我很客氣的請送請柬的祕書小姐進來，當著她的面，將請柬丟進抽水馬桶，沖了。

她的表情真是非常精彩，變化莫測，比煙火還燦爛。

我膽子是很小沒錯。可人生呢，就求個痛快。死人也不例外。

《可蘭經》念得很熟的姬先生，發現山不過去，他就真的走過來了……

居然紆尊降貴的來到選手村旅館大廳，請我下去一見……不然他上來也可以。

我在房間裡頭亂轉了一會兒，握緊拳頭。把散彈槍裝在特製槍袋裡背著，揣著鬼仙錦帕，踹起阿貓，深吸一口氣拉開房門，過去等電梯。

我自覺豪氣干雲，非常有氣勢。如果兩個膝蓋不要抖得那麼厲害，就更完美了。

舔了舔發乾的唇，試圖散形一下。打不過還能跑……我想。但我不能龜縮在房間裡……人都殺到大廳了。在大廳好歹人來人往，喊救命總不會置之不理。在房間裡被堵，那就叫天不應、叫地不靈。

「阿貓，」我聲音發顫的問，「那個……妖界大使有沒有外交豁免權？」

牠翻了白眼，「妳當三界六道都是人間那些廢柴？還外交豁免權哩！那是人間才有這種白痴又智障的設定，完全就是給人犯罪開後門用的……」

有的話就真的慘透頂。

我寧定了。

沒有外交豁免權，姬先生總不能當眾滅了我。

等我下了大廳，緊張得差點臉抽筋。但旅館的主管實在過分貼心，居然開了個VIP會客室給我們，害我頓有奪門而逃的衝動。

但看看他和Boss相似的容顏，頓時惡從膽邊生。我老爸……生前的老爸雖然不是什麼好的，好歹還養了一家大小（雖然拿回來的不多），也沒殺妻滅子，雖不慈愛，也沒這麼招人恨。

大概是心底有了偏見，所以他的和藹溫和，在我眼底都走了樣。不過我打了這麼多年的官腔，也不是易相與的，絕不會給人挑出半點錯來。

而且他那上凌下的態度，絕對不是我的偏見。

他先非常禮貌的問候，然後開始兜兜轉轉，問我在Boss身邊工作幾年。

「我想，以您的身分，我的所有資料您都瞭若指掌，我們就不要兜圈子了。」我很客氣的說，「您想說什麼，儘可直說。」

他注視著我，「謝小姐快人快語。」他輕笑了一聲，我覺得悲哀又憤怒的是，和Boss居然那麼相像。「灼璣是我第一個孩子。」

他淡淡的說，「閻王並不是真的惱他，只是敲打敲打，晾一晾，磨磨他的性子。他什麼都不缺，就是身分低了點。但卉璇嫁了他，這問題就沒了。」

姬先生逼視著我，「閻王有意讓他擔任左路將軍，有機會將來成為三司元帥。若他當上將軍，我會撥姬龍家軍最精英的一支小隊當他的班底。」

……我真佩服自己，居然推測得這麼準。雖然我武力上廢到成渣，但職場文化、官方語言、人心詭譎，卻是生前死後徹底打磨過的。

「姬先生，這話，似乎是該跟呼延先生說，我只是他的祕書。」我甜笑著回答。

他微微瞇細了眼，氣質漸漸凌厲。「謝小姐何必佯裝？灼璣數百年來從未和任何女人親近。」

「說不定呼延先生比較喜歡男人。」我更淡的說，「什麼時代了，姬先生還迂腐在性別上，怕是不太好。」

他磅的一聲拍在桌子上，那張漂亮的玉石桌和上面的茶具……一起悲劇了。

阿貓立刻跳起來，化成牛那麼大的巨大黑貓，背脊突出尖銳猙獰的黑刺，有點兒劍龍的味道。喉間滾著低吼，目光殘忍凶狠。

姬先生背後的女祕書也爆出滿頭蛇髮，瞳孔倒豎，十指如爪的嘶聲威嚇。

但吼來嘶去，也沒動上手，讓我冷汗流一流反而笑出來。

「姬先生，」我站了起來，「我和呼延先生簽了合約，期限直到公元999,999年，而且沒有足以毀約的條款。我尊重您是使節，所以才跟您談話，但您畢竟不是我的上司，跟我提的，更不是我的權限。我建議您和呼延先生好好溝通，恕我無能為力。」

非常憤怒的他，放出火燙的妖威，讓我踉蹌的倒退兩步，胸口悶得幾乎說不出話來。我一拍錦帕，放出結界，七彩的蝴蝶悠然的在我身邊飛翔。

「……仗著雙六的勢，妳這區區厲鬼也敢跟我硬挺？」他陰沉的說。

我摸出臨聘徽章，大聲的說，「我是冥府臨時聘僱人員謝長生，受冥府管轄！我不用仗任何人的勢……和我打合約的，是呼延灼璣，能夠獎懲我的，是冥府行政！從來、從來，不會是妖界的任何一人！」

轉身就走，我相信他沒那個狗膽在冥府的地盤上殺害一個祕書，哪怕那個祕書只是臨聘人員。

一開門，和灼璋面面相覷，他大大的鬆了口氣，對門內的姬先生怒目而視，緊緊抿著嘴，風一樣護著我走開，再也沒多看他生父一眼。

「長生姐，他有沒有對妳怎樣？」他焦慮的低聲，「妳再晚點出來，我就要破門進去了！」

「沒沒，」我趕緊搖手，「你怎麼會在這？不是出去玩兒？」

「我本來是回來換衣服的。」他漫應著，緊緊的皺眉，「死老頭找妳做啥？」

我不知道怎麼回答，謹慎的說，「講妳哥的事情。」大概是希望我知難而退……這位姬先生大概很愛看民視或花系列，超古典。

灼璋大為緊張，「沒的事！老哥才沒答應過什麼屁婚事……」

看他那麼緊張，害我都笑了，「我知道。不然他怎麼會進冰箱一百年？」

他啞口片刻，沉沉的嘆了口氣。「真奇怪，他怎麼那麼有臉講東講西……」他俊朗的臉孔充滿不可思議。「我哥成年禮後，偷偷帶我們倆去找過他一次。」

我瞪大眼睛。

「他不准我們叫爹，還威脅我們再去，就要滅了我們。」灼璋苦笑，「我哥問他那要怎麼稱呼，他很傲的要我們喊他姬先生。現在又擺出父親的譜，死凹當初沒派人來殺我們，又拿『孝』這個字壓我們……妳說算什麼事兒呢？」

換我啞口無言。想了半天，我笨拙的回答，「這也不是獨一個。我們人間有個老媽拋棄小孩幾十年，老了還告小孩遺棄，沒養她，法院還判她贏呢。結果沒見過面的小孩又得賠錢，又得養個狼心狗肺的娘。程度雖不同，精神可是沒有兩樣。」

他搔了搔頭，俊朗的臉孔皺得跟包子一樣，「那個，長生姐，妳要信我哥。我們都不會跟我老爸一樣的。」

「……我知道。」我有些啼笑皆非，「可你哥呢，不太知道。一整個對自己信心不足。」

他張大眼睛，幾乎頭上要冒出許多問號。但我也不知道怎麼跟他解釋。

「我會對他好啦。」拍拍他的肩，「我跟他打的合約可是很長很長，我肯定活沒那麼長。」

回到房間，阿貓陰森森的插嘴，「妳早死了，還能活成倒扣？」

我把蜘蛛線團在牠眼前晃了晃，扔出窗外。被貓的本能可悲箝制的阿貓，毫無辦法的跟著跳出去。

這可是二十三樓，還是特別挑高的。當然，牠不會摔死。但選手村旅館方圓十里，是航空管制區。

牠能跟我搭電梯，是因為藏在我的影子裡，也只能藏在我的影子裡。不然電梯是不准寵物搭乘的。

我想牠會喜歡爬二十三樓樓梯的運動。

之九　決戰

自從我發現宅在家裡一點用處都沒有，我就很從善如流的出去閒逛，愛做什麼做什麼。

沒辦法，宅在房間裡還有偽裝成客房服務員的打手——是打手不是刺客，就知道低調並非萬靈藥。

之所以說是打手而不是刺客，是因為這些派來的人都很留手，目的不是要滅了我或把我打殘，單純想把我打痛打怕罷了。連武器都沒用上，也沒攻擊要害。

不過我要說，阿貓雖然有些腦殘又不靠譜，但戰鬥力的確強大。遇到幾次襲擊都能安然無恙，牠的確要居首功。

不過，我替姬先生的情報力感到非常悲傷，可見他的專長不在007這個領域。我這樣一個極頂廢柴，要讓我屁滾尿流、痛哭流涕、暈厥翻白眼非常容易……找個恐怖的厲鬼就成了。

雖然說，整個大賽城地掘三尺也可能只找到我這一隻，但要設法偷渡一隻進來對他們那麼顯赫的家族來說，應該不難……可他完全不知道我這個弱點。

只會派那些挺漂亮的妖怪來對付我，連有個蛇髮利爪都走妖異美……我是怕爛得模糊猙獰的厲鬼，又不怕妖怪，何況還是俊男美女的妖怪。

再者，阿貓。這隻不怕刀砍水淹火傷，強悍得一場糊塗的幻影貓，事實上弱點也很致命。可這些打手一不拿強光照牠，二不會拿出逗貓棒，只會在那兒喝喝哈哈揮拳動兵器要法寶，那有個屁用……

經過幾場襲擊，揉合了上回看Boss生存賽的一點點領悟，我甚至和阿貓合作整理出一套標準流程。

當敵襲時，阿貓縛影，使對手動作變慢，我用錦帕開結界並放出彩蝶群飛劍，敵手的注意力擺在張牙舞爪的阿貓和彩蝶飛劍身上時，通常離我很近。

於是我取下放著散彈槍的槍袋，掄圓了往敵手腦袋上砸下去……

通常十秒不到，就可以結束一場戰鬥。如果不是我的槍法實在太悲慘，還可以帥氣的開槍……但阿貓嚴重反對。

「原來妳也懂戰術組合啊。」阿貓很感嘆。

「……我只知道啥是指揮艇組合。」我搔了搔頭。

「那麼老的卡通妳也看。」阿貓一臉鄙夷。

「那是經典啊，大學時動漫社的學長推薦，我看了幾集……」

其實，這完全是阿貓非常強，鬼仙大人的錦帕非常猛，Boss親手打造的散彈槍極度堅固耐用，強度足以打破妖怪的頭……我還是一樣的廢。

但也不需要太強。除非姬先生改變主意要滅了我，不然畏手畏腳的打手，在阿貓面前，不值得一提。

大賽城因為複賽的日子漸漸接近，氣氛越熱烈，城裡也越熱鬧。會館與會館之間的巨大空地，都讓腦筋動得快的冥府加以規劃出租了，整齊的遮陽傘一字排開，小販們叫喚，露天咖啡廳雖然不能迎接美好的太陽，但對鬼靈為多的參賽者來說，陰風送爽，也是宜人的好天氣。

除了視覺上憂鬱的問題，我待在靠冥府這麼近的三不管地帶，感覺身心非常舒暢，比起陽氣太重日日刺痛的人間，這兒其實才是我該居留的地方……我猜我的學長學姊們都有同感。

因為天天跑去逛街（人多反而沒發生過襲擊事件），喝咖啡倒是喝出一票同為冥府文書的學姊學長。他們通常是來替武官同事加油（順便休假旅行），當然裡頭不會有智缺的厲鬼。

但即使是溫和的冥府公務員，還是會被陽氣所傷……結果我這鄉下土包子，死沒多久就讓Boss拐回家的偽厲鬼聽得一愣一愣。原來鬼也有能夠直接食用和飲用的食物，甚至他們還很熱烈的討論起防曬……我是說防陽氣的藥方與藥膏，種類眾多、琳琅滿目，甚至還有不同的香氣，甚至還起美白效果！

（是說，鬼已經夠白了，還要怎麼白啊？）

我對沉香和檀香的品評是沒什麼興趣，不過這些親切的學長學姊倒是告訴我一個很有用的訊息……冥府向來鼓勵公務員和枉死城民進修，在大賽城還擺了個推廣會的龐大攤子。為了照顧在人間各地辛苦工作的公務員，不但冥府公立大學修煉法門非常齊全，還有完善的函授課程。

我再一次的被震住了。果然時代與時並進，冥府這樣古老的公家機關也不例外。

在解決了四次襲擊事件後，我跑進推廣會裡頭，拿了兩大袋的簡介，準備好好研讀。

是呀，我決定要進修了。

我想通了，Boss呢，就是他媽的一整個彆扭的傲嬌。想從他嘴裡聽到「我喜歡妳」，我不如冀望阿貓變得閨秀淑寧的葬花吟詩……可能性還大一點。

我更不可能去問他，因為他會更彆扭的顧左右而言其他，或者調笑得讓我大怒。

反正他就是個不坦白的膽小鬼，隨便了。（攤手）

但我總得……確保合約可以執行到最後，對嗎？公元999,999年可是很長的一段時光。鬼呢，雖然不會死，但是會自然寂滅的……沒有修煉的話。

我怎麼可能……不管他。他這麼一個會「害怕」的傲嬌膽小鬼……我怎麼可能放心得下。

修仙也好，煉魔也罷……我想我是不可能得到閻王的特赦令。但除了倒牛奶，總有些什麼是我可以做的吧？

拐過轉角，毫無意外的碰到打手。不過這次戰鬥創了最速記錄……一秒。因為出手的是Boss。

他低頭看著鼻子幾乎貓進臉裡、昏厥過去的打手，皺緊眉，「我爸找過妳？」順手接了我兩大袋子。

「……嗯。」

「他就派這些廢物來？」

摸了摸鼻子，我沒正面回答，「阿貓很強的，沒什麼麻煩。」

進了房間，他說，「長生。」

我趕緊去開冰箱，但他在我背後，用很平靜很淡然的聲音說，「他是我爸，我不能打他。」微微的帶了點歉意。

我把冰牛奶放在他面前，很認真的說，「真的沒事，不要緊，我不會放心上。」

他抬頭看我，杏形的眼睛微瞇，閃過一絲狡獪和惡作劇，「但我能打他的兒子。」他端起牛奶一飲而盡，「當然不是打灼珪或灼璋，更不是打我自己。」

其實這是遷怒，很不對。可我呢，卻一點也不想阻止他。但Boss也就提了這麼一句，對他來說，比較值得關心的是我到底要不要做牛奶冰沙，他還真吃上癮了。

一面吃，一面攤開我那兩大袋子的簡介，順口點評優缺點，卻沒多問其他。

「那個，Boss。」我硬著頭皮小聲問，「你……你真的想當將軍……或元帥嗎？」

他懶洋洋的吞下牛奶冰沙，「我能做得好，卻不是非做不可。更不需要靠女人的褲腰帶才能上位。」

抬眼看我，戲謔的問，「怎麼？長生，妳指望我去爭個高位？當心『悔教夫婿覓封侯』。」

刷的一聲，我的臉孔像是著了火，死盯著膝蓋，動都不敢動。

他沒講話，也沒動。兩個像是中了定身法，一整個曖昧尷尬、無盡死寂。

不知道過了多久，Boss才輕咳一聲，「我還以為妳會否認哪，長生。」

「……否認什麼？」我鼓足勇氣的抬頭，Boss把臉別到一旁，冰沙都融化了，桌子上一小攤的水。

這是我認識他以來，頭回看到他手足無措。

正常的女生，應該這時候會逼問，想辦法從他嘴裡挖出肯定的答案吧？不過我不是正常的女生。

不是說我死過了，而是……看他這樣，想到他的「害怕」，我覺得心疼。

「知道了。」我輕輕的說，找了抹布擦了桌子，重新做了一杯牛奶冰沙給他。

那天晚上，他一直發呆，眼神很溫和的發呆。直到我睡下了，他才在隔壁的床上、安全的黑暗中開口，「長生，等大賽完了，咱們重新打份合約吧。只是槓掉違約金……不夠慎重。」

我真恨貓科動物這種彆扭的傲嬌。

「年限要不要改？」我冷哼一聲。

「妳休想。」Boss笑了起來。

複賽開鑼之後，大賽城的氣氛幾乎一點即燃，熱烈的跟火藥一樣。更多更複雜的種族衝進大賽城裡，雖然旅館早就爆滿，無處覓下處的賓客，乾脆在城外搭起帳篷，沒多久儼然一個衛星帳篷都市。

雖然冥府為了「種族和諧」這樣的大義，不舉辦團體賽，都是個人選手，也不強調種族，但三界六道因為種種理由，和平已久，私底下的衝突很多，卻從來沒有抬到明面上。

冥府算是相對中立的勢力，而這次應該屬於冥府內部的競技大賽，卻變相成了個小型各方勢力較勁的武鬥場。不管是不是有意為之，都讓冥府如臨大敵。之前會緊張兮兮的把進入複賽的武官抓去集訓，就是希望冥府武官爭氣點，別讓他們地主方成了其他勢力的陪襯。

但那些義消……我是說編外高手的確很強，人數加總起來不到四成，卻幾乎都輕鬆闖過初賽，隨著複賽往上打，漸漸打出一些指標性的人物，令人驚豔。當中居然還有神與魔的選手，挺引人注目的。

更引人注目的是，這些闖過複賽的神魔高手，也讓向來高高在上的天人或魔族大駕光臨到這個冥府的競技大會裡，而且還組織勢均力敵又分庭抗禮的專業啦啦隊，嘆為觀止。

但數目僅次於冥府的，卻是比鄰的妖界妖族。看起來妖族想介入冥府，不是傳言而已。當中有幾個打鬥起來異常華麗、全面壓倒性的選手，幾乎都是妖界姬龍氏的子弟。

阿貓不但是個盡責的解說員（不要用那種爆笑體育記者腔的話），牠也對這些選手如數家珍。

對我的訝異牠更訝異，「妳不知道？」

「知道什麼？」我茫然了。

「我和那群傢伙都是老大的附影。」

就像隨從或式神，只是依附在他影中。但Boss的影子是一種恐怖的玩意兒，聽說有光無光完全沒有影響，他的影子永遠是那種漆黑若無明的濃墨。

「老大的知識與我們共享。我知道這些都是老大知道的。」阿貓睜著大大的杏眼看著我。

「……你知道的，他也知道嗎？」

「當然！」

我突然慶幸起來，幸好阿貓是那樣可愛的白目，白目到我絕不會對牠傾吐什麼少女心思，要不就毀了……

「快看快看！」阿貓興奮的大叫，跳上跳下的，「那個那個！他就是老大點名要打爆的姬蒼驅！」

……長得比他老爸可帥多了！我感嘆起來，幾乎可以跟麥克的俊美比肩了。

即使在俊男美女之流的眾生中，麥克還是當中的佼佼者……最重要的是，他堅毅執著又鋼鐵暴戾的氣質徹底撐起那種俊美，這才是他容貌出眾的真正緣故。

姬蒼騆高大挺拔，俊秀略次於麥克，卻更鋼鐵更暴戾，男子漢大丈夫當若是……

但不到十分鐘，我立刻臉色難看的改觀。囿於美色果然是諸種族共有的盲點……死人也不例外。

那位燭龍正統二十九代嫡孫，堂堂姬龍氏未來家主……一出手就使脫了對手的下巴，讓人認輸也沒機會，就極盡殘虐的虐殺那個冥府武官。

原本歡呼狂暴的會場，漸漸安靜下來。因為他實在太暴虐了！就在冥府的會場上，表演開腸破肚、大破活人（呃……死人），在裁判以「勝負已分」制止他時，他悍然把裁判掐斷了脖子。

雖然說眾生不容易死掉，大賽唯一的規則就是不能滅毀，他也的確沒真的滅了哪個……但真的是太殘酷了，這是比賽，不是戰場！

最後是姬龍氏的子弟上去跟姬蒼騆低語，才讓他冷笑著扔下奄奄一息的對手，和正在試圖把脖子扶正的裁判。

我心底最後一絲因為遷怒而導致的歉疚徹底消散。

「真酷。」阿貓兩眼成了星星眼。

我一言不發的把毛線團扔下走道，牠欲哭無淚的往下追，追是追到了……卻也一骨碌的滾下幾百層的台階。畢竟我們所在的位置還滿高的。

Boss的出場，卻很快的搶去了姬蒼騆的風頭。

他很巧的遇到另一個闖過複賽的姬龍氏子弟，群情激憤的冥府公務員大吼著替他加油。混血妖族很早就加入冥府，對他們來說，是自己人。剛剛姬家暴虐的殘殺了冥府武官，把地主方的火氣炒到最高點。

姬家子弟很冷靜的落地擺下防禦陣，然後掐著手訣開始詠唱。這是個遠攻型的法師，而且從那種沖天妖氣看起來，法術威力恐怕不在話下。

Boss根本沒看他，淡笑著從影子裡一拍，浮出一個龐然大物……仿得非常真實的……火箭筒。

一手扛上肩，另一手提出一把跟我那把很像的散彈槍。立刻扣下扳機，打得防禦法陣一陣扭曲蕩漾，然後舉重若輕的發出驚天動地的一炮……

那個倒楣的姬家子弟來不及放出法術，已經讓轟碎防禦法陣的怒火連帶的轟出擂台，失控又沒施放出去的法術在他指端爆炸，非常燦爛輝煌的冒出一朵蕈狀雲，打得觀眾席前的龐大防禦法陣扭曲震盪，嚇壞了許多觀眾。

全場死寂。好一會兒才冒出天搖地動的歡呼。

事實上，我認真思考，Boss家祖上的貓科祖先，會不會叫做哆啦A夢……這是怎樣的一道影子啊？那根本是四度空間袋偽裝的對吧?!

最重要的是，他這個喜歡軍火的個性，怎麼從來都不改改……

我對Boss的強悍，又有了另一個層面上的改觀。

以前我以為，他就是太喜歡用軍火，才導致名次打不上去，可事實卻完全不是那麼回事。

就算他堅持使用會卡彈也會斷裂的倒楣軍火，也讓對手倒楣到姥姥家，個個欲哭無淚。

他總是帶著一絲無聊，幾許心不在焉，從影子裡掏出各式各樣稀奇古怪的刀劍槍械，讓他贏得一個「冥府魔幻師」的花名。從複賽開始就沒重複過，讓大報、小報、各大電台關心他今天使用了什麼武器……

雖然他使用武器的時間真的很短，幾乎一個照面就讓對手躺下，很少有纏鬥的情形。只有用雙截棍的時候，可能是太生疏，一個照面他先打著了自己（……），才讓對手多拖了一點時間。

不過妖刀村正（……）就連看都來不及看。裁判一喊「開始」，語氣方歇，白光一閃晃動人眼……

然後？什麼然後？哪有什麼然後，對手躺地板，妖刀村正已歸鞘。

……回去分局的時候，第一件事情就是先查查他幾時買了這把妖刀。我記得在冥府拍賣網上，這把鼎鼎大名的不祥之刀，價格貴得讓人眼珠子掉出來。

就不要讓我發現他挪用公款……我折了折骨節，咬牙切齒。

Boss用種雲淡風輕的姿態，毫無懸念的晉級五百強。當然，他那個異母弟弟姬蒼騆和幾個姬家子弟，用一種暴虐豪強的高壓，也剽悍的闖進五百強。

跟姬家子弟對峙的對手，個個都骨碎筋柔，身負只留一口氣的重傷。相較之下，Boss雖然花招百出，出手輕柔多了……除非遇到姬家的倒楣鬼。

大概是受到Boss的影響，雖然麥克的中文依舊令人悲傷，聽不太懂當中的糾葛，卻對姬家子弟特別狠厲……雖說腰斬斬不死妖怪，可這個傷養起來實在是……也得個十年八年。

Boss和麥克驚世絕豔的表現，讓冥府公務員隱隱有種認同的面上有光，老有人找我打聽台灣分局的選才標準和人員配置，頗多人意動。

我只能苦笑再苦笑。台灣分局的人員配置？就Boss這孤一個。可以的話我也想招人……但我們可悲的預算和更可悲的配額，只能婉拒這些熱情的同事。

確定進入五百強後，Boss淡然的推高了棒球帽，兩手插在褲袋裡，「接下來要認真了。」

「嗯。」麥克的確很認真的點頭，「我很認真。」他略帶疑惑的問小紅帽，「為什麼要說認識真的？難道有認識假的嗎？」

我的臉孔抽搐了兩下。麥克這個中文真是……百尺竿頭，一步也不進。

卿卿倒是很認真溫柔的用德語解釋給他聽，幫他擦汗，抱著他的胳臂，輕聲細語，漸漸掉隊……

我跟Boss一如往常的視而不見，反而快步走向前，省得聽到不該聽到的。

「唷！我們魔幻師來了哩！」一個極大的嗓門轟得人耳朵嗡嗡叫，一個鐵塔似的身影擋住了所有光線……身高絕對在二米以上。

賽程裡，我常看到他。他是冥府最正統的武官，生前聽說是一方顯赫武將，生前名字早拋棄，人稱張大砲將軍。

一臉于思，滿臉橫肉，鐵錚錚一條漢子。可你若以為他是那種只長肌肉、不長腦子的肌肉男，應該會死得很慘。他連粗魯豪強的外表都只是種偽裝而已……他的法術很強，非常強，強到無影無形的地步，遠遠超過他已經太驚人的近身體術。

他的對手都輸得莫名其妙、不明不白，若不是阿貓講解給我聽，我真不知道他能把法術發動掩飾在橫暴猛烈的拳風掌刀之下。

Boss微微抬眼，「唷，看大門的來了。」

「……靠北，看你他媽的大門啦！」張大砲暴跳了，「老子是閻殿侍前羽林軍總都頭！你才看大門，你們全家都看大門！」

Boss巍然不動，淡淡的看他，「閻殿生死門是不是冥府最大的門？」

「廢話！」

「生死門是不是羽林軍看的？」Boss露出狡黠又無賴的笑容，「你是不是得跟著羽林軍看大門？」

「……靠北!!」

張大砲發怒的砸了Boss三拳，Boss回了他三掌，然後兩人各自分開若無其事的並肩聊天。

……我想他們交情應該很好，雖然說男生這種你死我活、充滿狠勁的友誼，我一直沒怎麼搞懂。

「小灼，你怎麼還留著？」張大砲一臉狐疑，「你不是都確定晉級五百名內，就棄權回家了？」

「五百名內就享有預算百分之一百五十的額度，再打下去也沒什麼吸引人的獎勵。」Boss沒回他，語氣依舊淡淡的。

「我問什麼你回什麼？死貓！」張大砲怒聲。

Boss站住，從棒球帽下微微仰起頭，「以前我的部屬沒在場加油。現在來了，總得在她面前威一把。」

……我自制力實在不太好。將來要選擇進修的法門，一定要特別挑能堅忍心性的。我連耳朵都快冒煙了。

張大砲瞪大了眼睛，看看Boss，又看看我，突然慘嚎一聲。「臭小子！老子討不到老婆，你還敢搶我們冥府的女人！」說著就揚起缽大的拳頭。

「我、我我我……」我趕緊掏出臨聘徽章，「我是、我是臨聘人員！」

「那也不行！」張大砲一面猛砸Boss，一面對我講，「小姐，妳別被這隻死妖貓拐了，還是咱們死人才有共同語言……」

「……」

最後在張大砲將軍罵個不休的各國髒話中（如果放在電視上，可能充滿了嗶嗶聲），毫無預兆的又停了手。

「你那兄弟……」他停了罵，突然嚴肅起來，「幹掉他。」

「上面的意思？」Boss淡淡的問。

「冥府內部的比賽，哪輪得到外人在這兒暢秋。」張大砲陰沉起來。

Boss看了我一眼，「他老爸威脅到我部屬了。」冷冷的笑了一聲，「我會幹掉他。」

張大砲無語片刻，咬牙切齒，「我要動用特權，把長生小姐調來我們羽林軍當祕書！」

「她是厲鬼，你調不動的。」Boss淡定的說。

「靠夭啦死貓！連這你也算到了！混帳東西！我們冥府的女人絕對不能讓你這貓頭貓尾的小子給玷污了！長生小姐，妳要ㄍㄧㄥ住啊！……」

Boss很無賴的送了他一根中指，語氣斯文，「滾你的。」抓著我的衣領，閃身就瞬移走了。

瞬移到外頭的市集，Boss鬆開我的衣領，又把手插在口袋裡，緩緩的在前面走。

他的手腕，帶著兩個大小不太一樣的護腕。我的手藝實在不怎麼樣，但給了他以後，他就一直戴著。

「老張……」他開口，語調還是懶洋洋，「是預定的第一名。當然，他的實力也足以拿到第一，只是有些和冥府無關的閒雜人等，咱們還是得幫著掃除。」

我想，這些編外人員和其他種族隱瞞的野心，讓冥府也非常不高興了。

「嗯，」身為冥府一員，我慎重的點頭，「加油，Boss。」

「但這麼一來，我的名次可能就打不高。」他頓了一下，「就不能在妳面前威一把了。」

我默然想著姬蒼馴的超級暴力表現，不得不承認，他的實力非常強……甚至強過Boss。我不無惡毒的想，這個未來姬家家主有名的沒腦子，大概把所有點數都拿去點在武力上，智力比戰士還低，才會強得這樣變態。

Boss想戰勝他，就不可能這麼輕描淡寫，說不定還會兩敗俱傷。

「……Boss，不管你打到幾名，你都是我心目中最威的那一個。」我很小聲很小聲的說，幾乎被嘈雜的市聲給掩蓋過去。

但我想他聽到了。

他無意義的咕噥幾聲，搔了搔棒球帽下的頭髮，重新戴好。我偷看到他的耳朵呈現淡淡的粉紅。

裝唄，你就裝。沒有最彆扭，只有更彆扭。

清了清嗓子，他說，「到了。」跟攤位的一個老先生說了幾句話，拿了一個盒子，遞給我，「員工福利。」

我打開來。那片熟悉的普通紅葉，被縮小些，煉在一團晶瑩的琥珀之中，做成一條精緻的項鍊。

眼淚奪眶而出，淚眼模糊的戴上，抖著手卻扣不準釦環。Boss過來幫我扣好。

「……殺了太多怪物，得提防自己也變成怪物。」Boss在我身後說話，「我在人間快百年，其實已經很疲倦……心很疲倦。看著人類，因為雞毛蒜皮大的事情自找成厲，我真不懂，這麼得天獨厚的種族，獨享轉世重來的機會，卻一點都不珍惜。

不去完善人間的律法，或者乾脆把自己搞強，活著就了結，卻只想著死後報盡私仇，一整個莫名其妙。坦白說，有段時間，我很厭惡人，特別厭惡厲鬼。

但是……長生。我看到妳了。妳雖然是那麼搞笑的死掉，白擔一個厲鬼的名聲。妳最有理由怨恨成厲……可妳沒有。妳連哭都沒哭多久，就擦乾眼淚想辦法拿起這片樹葉。笨得要命，卻又那麼堅持。死都死了，還堅持人心。

認識妳以後，我發現，我也不怎麼討厭人類了。我也沒有變成……可能會變成的怪物。」他在我耳畔很輕的說，「謝謝。」

我的眼淚，一滴滴的落下，泣不成聲的說，「我才更要謝謝你……Boss。」

朦朧淚光中，Boss的目光很溫和，雖然藏在棒球帽的陰影下。他揉了揉我的頭，「妳就是太愛哭了。我們回去吧……我突然很想喝冰牛奶。」

我跟在他後面，穿越了大半個城市。這個城市如此囂鬧吵雜，我卻覺得很寧靜。像是這個世界上，只有我和Boss而已。

我想，我願意一直跟在他身後，就這麼一直走下去。

就算他的影子非常可怕。不小心踩到我都會毛骨悚然。

隨著比賽越來越白熱化，觀眾的情緒也越來越高昂失控。在種族意識、愛國主義（？）的加成下，讓維護治安的冥府非常疲於奔命。

嚴酷無比又沒有敗部復活希望的淘汰賽，大浪淘盡眾多砂礫或遺珠，出現許多能問鼎冠軍的英雄性人物。比如冰清玉潔、雲淡風輕的天人輝嫦仙子、魔族冷暴力的水魔泗野，又比如妖族殘虐陰狠的姬家子弟……

當然，冥府方更是才人輩出。宛如豪壯燕地男兒的張大砲將軍也有為數不少的粉絲。但是世人總是容易被美貌所惑，什麼眾生也逃不過。麥克這個應該屬於編外人員的工讀生，因為是Boss的忠貞部屬（？），更被強烈的追捧，瘋狂占據各大報的版面，跟公主間的戀情，更是被渲染得天上人間、生死不渝、慘絕人寰、觀之落淚、思及傷心的絕代生死戀……

卿卿最大的樂趣就是看這些誇張的報導，一面看一面笑，還翻譯給麥克聽。

至於Boss，因為有麥克擋著，受到的注目就少一些。但也老有人（大半是冥府人）紅著臉衝上來要簽名，然後又紅著臉逃之夭夭。

當然，大半的狂熱觀眾都擁護自己同種族或有關係的選手。不過，女人的狂熱通常都表現在尖叫和簽名上，男人的狂熱，通常都表現在把拳頭砸在敵對粉絲的臉上……尤其是喝飽了酒（或其他會醉的飲料），這種表現就特別熱情又熱烈。

所以冥府很忙，非常忙。臨時看守所也很滿，非常滿。

Boss閒閒的跟我分析，這些別個種族的選手，當然不可能是真正的高手，卻是各種族裡頭嶄露頭角的新生代。而冥府原本的內部比賽會有這些誇張的新生代高手參與，其實是和政治有關。

冥府名義上臣服於天界，但早脫離天界獨立很久了。與魔界保持良好邦交，卻隱隱悍然成為魔界擴張的屏障。與妖界接壤，卻一直保持不冷不淡的關係，也沒有結盟的意思。

六道應該屬於冥府之下，但冥府無意直接管轄，而是各自保持和平的中立。

也就是說，身為運轉輪迴、刑罰教育人魂的龐大冥府，雖然也受擴編太快、人員嚴重不足、官僚顢頇之苦，卻也堅持初心，一意要成為真正中立非政治的機構。

但人在江湖、身不由己。冥府要中立，其他勢力方卻垂涎冥府日漸擴張的龐大勢力（因為死人真的越來越多……都怪人口爆炸），被忽視幾千萬年的冥府突然成了各方的香餑餑，搶著在這內部比賽裡展現武力，威上一把，震懾一下冥府。

「運動比賽怎麼脫離不了政治的干涉啊。」我感嘆，「人間奧運好像也是……」

「人也是眾生之一。」Boss聳肩，「還因為生命週期短，特別容易觀察和借鏡。」

* * *

幾輪比賽後，麥克和Boss闖進百名。我猜冥府一定在賽程上動過手腳，冥府的高手幾乎保存完整，沒有自相殘殺，真的被刷出去的都是別的種族。

挺陰的，可知曉內情後，我當然是挺冥府。雖然是臨編人員，我也是冥府的人。

雖然實際上，我的品階頂多就一工友，可也是擁戴冥府的公務員。你總不能說，工友不算公務員吧？

可雖然費盡手腳，真能闖過百名內的冥府高手，只有三分之一弱，情形真的不太樂觀。

進入百強淘汰賽，就有設計了敗部復活。Boss淡淡的交代了麥克，「不死人就好，別留手。」

麥克疑惑的舉著手，在小紅帽的翻譯之下，他堅毅的點點頭，「什麼都不留。」

「別讓他們有爬起來的機會。」Boss一揮手，麥克啪的一聲併攏腳跟，行了一個非常法西斯的軍禮。

不過他的理解……我不知道正確還是不正確。

他……把對手的脊椎拆了。一節一節的……拆了。

雖然到了百強，他應付起來已經非常吃力、九死一生。但他還是嚴肅異常、不畏生死執行Boss發下來的軍令。

我不知道該佩服他好，還是該罵他兩句阿呆好。

至於Boss，「很巧」的都遭逢了姬家子弟。

他是沒拆人家脊椎……但就像他賽前淡淡的說，「我會廢了他們。」

果然是廢掉。他不再拿各式各樣眩目的軍火，真正認真起來。隨身環繞著幾十把如衛星般的鋒利小刀，如電迅疾、如雷猛烈，將混血妖族自傲的百衲學，運用到靈活至極的極致，陰狠毒辣的，目標永遠是姬家子弟的內丹。

就算拚出滿身傷，他也頑固的打散對方的內丹，廢掉。

他和麥克就擔任著陰暗處的獵捕手，替冥府光明正大的勝利掃除所有的障礙……

直到他面對了姬蒼駟，才真正的踢到鐵板。

臨上場前，Boss都很冷靜的坐在我旁邊看比賽。

這幾天他受了不少傷，但Boss就是Boss，居然能夠痊癒得這麼迅速自然，完全不能用生物視之。

Boss媽和他兩個弟弟，進入百強後就沒來找過他。Boss媽下了死命令，不讓他的弟弟來打擾，要他專心打，不要墜了呼延家的威風。

或許，Boss媽不像表面那麼活潑不動頭腦……說不定她比誰都知道Boss心底的「害怕」。

他抬起棒球帽陰影下的臉，「該我了。」

我緊張的攢緊拳頭，「祝您武運昌隆。」

他看我的眼光都可稱上溫柔了，拿下棒球帽，「唔，長生。跟我一起吧。」

然後，他突然湊近，舔了我的臉頰。我微微張著嘴，瞪著他，大腦轟的一聲完全空白。

我來不及做任何反應，他已經戴上棒球帽，兩手插在口袋裡，施施然走下台階，從另一邊進入了決鬥擂台。

等我轟成渣的意識漸漸拼湊回來，我才發現我的視角已經成為Boss的視角。就好像我從Boss的眼睛看出去，注視著眼前驕傲又暴戾的姬蒼颸。

……這是一種符咒，類似附體，卻只附著了感官……例如視覺和聽覺。

「太遠……看不清楚。」Boss自言自語，但我知道他是對我說，「一起吧。我說過不能打他，但可以打他的兒子。」頓了一下，他笑，「這也是員工福利。」

……去你媽的員工福利啦！到現在還員工福利個鳥！

而且……我是聽說過有人能用舌頭打櫻桃梗……可沒聽說有人能用舌頭在人臉頰上畫符咒！你那是什麼舌頭啊?!而且你又不是手斷了，非用舌頭畫不可嗎?!

姬蒼駟一照面，就在身上滾出旺盛狂火，糾結盤旋，凝結成栩栩如生的火龍。站這麼遠，都覺得臉上火燙，青石板隱隱發軟，開始龜裂了。

夾帶著雪白烈熾的拳頭迎面而來，Boss猛踏一步，在青石板上留下很深的足跡，一滑步矮身，避開極為沉重的拳壓，卻還是被颳得一窒，腳步微亂。

鋒利小刀一接觸到狂火三尺之內，立刻融化成金汁，嗤的一聲蒸發。姬蒼駟這樣沉重猛烈的拳，卻靈活得不可思議，突然轉彎，從不可能的角度擊打Boss的臉孔。Boss瞇了瞇眼，用一指頂了那拳，借力使力的往後飄去，但那根食指就囂張的捲入狂火中，頃刻就燒得見骨。

他飄然穩在擂台邊側，彈指彈掉食指上的狂火，像是他的手指尚未燒到見骨，無視龐大的實力差距，也沒看到那滔天的烈焰。

呼吸依舊沉穩不亂，心跳也沒多快一分。

「不錯的天賦。」Boss淡淡的誇獎一句，全身湧出淡淡的風，輕柔如吹拂過原野的春風。

「哈……哈哈哈！」姬蒼馹狂笑，「呼延灼璣，你在搞笑是吧！那點風……可以做什麼？」

Boss也跟著笑，「可以打爛你的鼻子，那就夠了。」

姬蒼馹宛如爬蟲類的瞳孔妖異的倒豎起來，猛然緊縮，纏繞狂火的拳頭更猛烈，連空氣都哀號的發出慘烈的尖叫，「可以你就試試看啊！」

但猛烈至極的火勢，卻讓軟弱的風改變了流向，擾得紊亂，Boss沉重凶猛的三踏步，帶起原本柔弱的風，吹開猛烈的火焰，在他落肘時，火焰徒勞無功的包圍微風，卻巧妙的燒不著一根髮絲，反手一擊，正好打在姬蒼馹的鼻子上。

雖然他飛快的避開，並且破開微風環繞，剛厲的燒開了Boss的前襟，燒焦了一條很長的疤痕，終究還是鼻血長流，非常丟臉。

姬蒼馴看著自己的血，倒豎的瞳孔變得血紅無比，發狂的仰天狂吼，震得只有視覺和聽覺附在Boss身上的我，差點噴血和嘔吐。整個會場發出劇烈細密的顫抖。

一呼一吸間，他化成燭龍的真身，張開血盆大口，對著Boss更猛烈的咆哮。

「白痴。」Boss低笑，「威個十分鐘也好？」

可我在想，到底誰是白痴。這十分鐘，實在夠Boss死個十次二十次，而且姬蒼馴的殺氣已經快把我給殺了，可見他根本就失去理智，就算徹底違反規則，也會把Boss滅毀了。

Boss的風，此時吹不散燭龍真身，姬蒼馴的雪白龍火。那已經是太可怕的存在，就像是海嘯、像是颶風，像是龐大的天災，什麼也不能撼動。

已經沒有所謂的擂台了。早讓暴怒瘋狂的燭龍真身毀了個乾淨。像是一班自強號在競技場翻滾咆哮，龐大的防禦法陣發出不祥的哀鳴，冥府陣法官不斷增援，極力穩住法陣，不然這一館的觀眾恐怕會死得很慘。

在無比吵雜和催人窒息的烈焰蒸氣下，我只能看著，看著死亡間不容髮的撲面而來……透過Boss的眼睛。

「……不要認輸。」就算認輸也不會有活路。這條充滿厭惡、憎恨和殺氣的龍，不會饒過Boss。我喃喃的、低低的輕語。

Boss像是聽到我的聲音，擦了擦嘴角的血，艱險的在漫天火雨、遍地岩漿中尋找千鈞一髮的空隙，說，「我不會認輸。」

Boss大概把壓箱底的絕活都拿出來了。

他的呼吸依舊沒有亂，但心跳卻加快了。那不是恐懼，也不是害怕，而是一種淡淡的興奮。

我也是第一回看到，真正的百衲學。

在這種不可能的絕境中，若有個分析師來主講，一定說Boss絕無生路，因為雙方武力值相差太遠了。不管論肉體強度、妖法、道術等等……Boss都遠遠不如。

但他可曾經是閻王侍前一品帶刀衛，在人間最麻煩的台灣分局打磨上百年的王牌獵手，生死關頭不知道滾過多少回的強悍Boss。

在火雨岩漿海中，他使喚出影子裡所有的附影式神拖延爆烈的燭龍，從陰影中抽出遠程攻擊的槍械砲彈，就是不讓燭龍真身靠近他三尺之內。甚至幾乎無處落腳的情形下，還能細微精準操控微風和冰晶，替他搶到僅有幾公分見方的立錐之地。

上回生存賽的那種感悟，突然襲上心頭。

節奏。即使如此狂暴失控的火海熔漿中，Boss還是一心不亂，沉穩的整理出險之又險的穩定節奏，才能在絕境中走出春雨小詩的餘韻。

不管受了多少傷，被烈火燎去多少皮肉，他還是宛如舞蹈般，踏著自己的貓步，用盡所有巧妙而匪夷所思的手段……活下去。

但燭龍血脈的奮力一擊，硬生生打斷了他的節奏。

龍尾狂暴的沖毀所有的砲彈軍火和附影式神，衝破他細緻操控的冰晶微風，轟然的逼近門面……即使只是撕開一道小小的缺口，卻是致命的缺口……

龐大強烈威壓的龍尾，卻讓Boss的右手擋住了。

他牢牢的頂住龍尾，雖然被壓入流淌著岩漿的地板，幾乎要跪下來……但他死死的頂住，不讓膝蓋觸及地面，只是蹲著。

他啐出一口血，「糟糕，頂不到十分鐘了。」

「死！」姬蒼駟發出更暴躁瘋狂的怒嘯，把所有妖力都灌在龍尾上。

我聽到清脆的聲音。Boss的骨頭，一寸寸斷裂的聲音。

他卻輕笑了一聲，輕喝，「幻影！」

阿貓從他的影子裡撲了出來，落地宛如小山般巨大，撲向龍的眼睛，逼得他不得不鬆神，替Boss爭取了寶貴的十秒鐘。

Boss眼皮都沒抬，單手按著自己的影子，手掌輕提，柔如柳絮，一隻閉著眼睛的黑色孔雀緩緩的浮出來。

就在這個時候，堅持了十秒鐘的阿貓，被憤怒的龍撕碎，轉身正好面對閉著眼睛的黑色孔雀。

「吾名……為夜凰。」Boss淡淡的開口。

原本那麼囂張那麼憤怒那麼瘋狂的姬蒼駟，看到這隻小小的孔雀，卻發出尖銳又恐懼的尖叫，將自己盤成一團，不斷噴出龍火，卻動都不敢動。

Boss揚手，閉著眼睛的黑孔雀也跟著揚翅。

「乃夜帝精魄之女。夜空之下，皆為吾臣！」Boss冷冰冰的說了這幾句，猛然揮下左臂。

名為「夜凰」的黑色孔雀，發出一聲無聲而清亮的長鳴，引起一陣天搖地動，舉翅既翺且翔，飛過之處，所有的光亮都消失了。不管是火雨還是岩漿，都都黯淡而冷卻。

一片漆黑中，夜凰的眼睛冷冷的睜開，尾羽的「眼睛」，也一只一只的亮了，冰冷得掐緊人脖子的眾多目光，死死緊緊的投在慘叫翻滾的龍身上。

「呼。」Boss發抖著將右手放進褲袋裡插著，「我會被六娘子罵死。她把夜凰的一只尾羽寄放在我的影子裡，是留給夜凰一個保險，不是讓我拿來打架的。」

他淡淡的看了一眼縮成一團，不斷發抖並且褪去龍身的姬蒼馴，「不過拿來剋制那白痴挺好用的。」

Boss伸手，夜凰迴飛回他的影子。擦掉眼角和嘴角的血，他向前慢慢踱去，寧靜的抽出一直藏在袖裡的魚腸劍，頂在驚魂甫定，狼狽不堪的姬蒼馴的脖子上。

「將軍。」他說，「其實你堅持一下就贏了。我只能喚出夜凰三十秒，一年才一次額度。」

姬蒼馴的臉孔緩緩沁出釋懷的笑容，「雜種，去死！」一掌打落Boss的劍。

Boss笑了起來，就像當年騙我簽下合約那樣清純可愛的笑容，露出兩顆小虎牙。他說，「謝謝。」

然後他暴起踢飛了幾乎耗盡所有龍火的姬蒼馴，半空中又雨打芭蕉似的踢了他無數腳，最後重重的踹在他的丹田上，毀掉他數百年的道行，那個內丹碎到不能再碎，不知道此生有沒有希望重新煉回來……

真的把他老爸的兒子打成豬頭。

至於場面如何混亂、如何暴動，其實我不太清楚。我只知道傷痕累累，還兩手插在口袋裡的Boss，緩緩對我走過來。

我知道他死要面子，所以我跌跌撞撞的分開人群跑向他。

他在我面前站定，抹掉我臉頰上的符咒。右手還是插在口袋裡。「唔，長生。」他語氣淡淡的，「扶我一把，我有點累……而且很想喝牛奶。」

我小心的攙住他的左手，讓他環著我的肩，不耐煩的掃開擋在前面的人，小心的把他扶出去。

「……去醫院好嗎？」我輕聲問。

「回去喝牛奶。」他很堅持，「現在。」

我沒有跟他爭。他現在能用自己兩條腿站在地上，並且活著，就已經太厲害了。他想要什麼我都會給他的，何況只是牛奶。

冥府派了專車給我們，我煩躁的趕開所有人，將他帶回選手村。

我扶著餵他喝冰牛奶。我知道他不是左手傷痕累累而已，他的右手，大概骨頭寸寸斷裂了。可他死要面子，就是把手插在褲袋裡。

他灌滿了一大杯，盯著我看，慢慢的靠近我的臉……幾乎要觸到脣的時候，我壓抑住跳得幾乎要跳出喉嚨的心跳，輕聲細語的說，「Boss，這是性騷擾。」

他頓住，「……嗯，對不起。」

「可這樣……就不是了。」我把脣壓在他的脣上。

他的脣，很暖。

之十　尋真

平生……我是說，死後的第一個吻，歷時五秒鐘。

然後Boss就很急切的……昏倒了。

（當然不是我的關係。==）

緊急送到急診室後，妖族綜合科的大夫非常生氣，因為Boss全身上下的所有骨頭都有裂痕（包括頭蓋骨），右手更是柔腸寸斷（？），讓他人骨拼圖（……）到大發雷霆，並且併發內出血和氣海嚴重受損，內丹委靡……

讓他那麼生氣的是，這樣嚴重的重傷患，下了擂台不來醫院，還跑回家喝什麼牛奶……結果Boss在醫院吐血時，混著根本沒消化的牛奶，讓大夫的臉青得要發藍了。

但大夫真是好修養的，還斯文的訓斥Boss，「年輕人，冥府離這兒又不遠，還有班車可以搭，需要省那點車票錢，直接去報到嗎?!……」

剛吐過血的Boss微微張開眼睛，瞧了我一眼，又疲憊的閉上，懶洋洋的回答，「大夫，我是混血妖，死了就死了，去不了冥府呢。」

……我在想，身為妖族的年老大夫，會不會很人類的爆腦血管。

和姬蒼驅這一戰，Boss的確替冥府其他種子選手掃除了強大的障礙，但他雖然有非生物的恐怖癒合力，但那條右臂真的太淒慘了，即使是他，非得休養兩個月以上不可。

若是換個人受這種傷，恐怕只能截肢。這種結果，已經太慶幸。

但他實在傷得太重，所以根本不能繼續參賽。所以，麥克都打入了五十名內，跟天人輝嫦仙子拚了個兩敗俱傷，Boss的名次卻墜在七十三名，跌破不少評論家的眼鏡。

沒辦法，冥府的面子重要。

所以在這樣黑暗的眾星拱月之下，真把張大砲將軍拱上冠軍的寶座。亞軍是個鍾家的虯龍，季軍則是水魔泗野。大體上，保住了冥府的面子，和種族間的平衡，也隱隱排斥了天界的干涉。

天界很保持風度的上前恭喜，水魔也挺高興的，樂得把會場凍得跟北極一樣，天花板還垂下冰柱，唯一不高興的，居然是亞軍的虯龍。被大小記者圍繞採訪的時候，故作淡然的說，「非戰之罪。」

「果然最沒眼色的，還是妖族。」

右手綁著夾板卻死都不肯用吊帶吊在脖子上的Boss，堅持要來參加頒獎典禮。正準備散了，聽到虯龍那句，他嗤笑一聲，低低對我說。

「動動嘴皮又不累人。」我聳肩。

正準備走人，Boss都環上我的肩吃力的站起來，人群中卻騷動起來，迅速的讓出一大塊空地。

灼璋異常興奮的擠過來，「老哥老哥，快來快來！有熱鬧看了……哈哈哈～」

他抓耳撓腮，喜得不知道怎麼辦才好，笑聲囂張極了，「嘎嘎嘎～有人挑戰老媽欸！你聽過這種事情沒有？」

Boss緩緩張大眼睛，「耶？誰活膩了？」

原來那個叫囂著非戰之罪的鍾家虯龍，不知道為什麼，點名「燭陰高等學院武鬥系教授」，共同切磋。

灼璋開道，我和Boss吃力的擠到前面去，灼珪迎上來，一臉冷笑，抬下巴指了指，「老頭那邊老婆的哥哥，姬蒼馴的舅舅。」

這三兄弟笑得那個陰冷兼幸災樂禍，讓人毛骨悚然。

沒多久，我對Boss媽的戰鬥力又有了一個嶄新的評估。

本來看到一個柔弱美麗的少婦站在一班高鐵似的龐大虯龍前時，我心底還充滿了姬蒼馴造成的陰影。

若不是鬼仙大人之前寄放了夜凰一尾含著精魄的尾羽，Boss能不能活著走出競技場，還是未知之數。

但幾分鐘後，我立刻戰慄的改觀了。我想Boss媽應該提升到世界精英首領等級，並且將危險度提升到MAX的程度。

當你看到一條龐大若高鐵的巨龍被打成一條癱軟的泥鰍，被拔掉滿臉的龍鬚、揭掉顎下所有逆鱗，那纖弱的手臂單手就能抓著龍尾甩上牆壁，讓龐大的禮堂垮掉大半……

看著那條半活埋又翻白眼的巨龍，你就能體會我心底的強烈恐懼了。

最最恐怖的是，Boss媽完全是拳腳功夫，沒有半點妖術。但她在快速出手後，卻輕鬆的呼咒鞏固建築，讓這個占地數里的龐大禮堂的結構不至於崩潰。

這需要非常強大深厚的妖法。

她輕柔的攏了攏有些散亂的髮絲，露出閨秀寧淑的微笑。

本來很深沉、很陰沉也很沉穩，遠遠冷眼旁觀的姬先生，臉色變得非常蒼白，轉身就走了。

明天的冥府日報一定很精彩。

「長生，妳看。」Boss懶懶的講，「有這麼活潑的娘，想要驕傲自大都很困難。」

我苦笑了兩聲。

這場會外賽，造成了眾多媒體的劇烈爆炸，幾乎掩蓋住冠亞季軍的光芒。

我深刻的領悟到，真正的高手，只會宅著默默鑽研，名利對他們來說，吸引力很小。若不是醉心於某種領域，不可能登峰造頂。

Boss媽若不是被逼得動手，誰也不知道這個武鬥系教授威到這樣驚天動地……因為她沒參加過任何評估或比賽。

鬼仙大人也是。

若不是有幾個很囂張、很貪婪的高人覬覦跟她雙修的好處和手底的夜凰，逼她出手，對雙六娘娘的印象，大概還會停留在紡織品法寶達人上頭。

可以說，這個會外賽，讓Boss媽一戰成名，一整個無心插柳。結果申請去燭陰留學的留學生暴增，完全被這位貌似觀音卻有羅漢霹靂手段的少婦教授征服得死死的，還用最快的速度成立了後援會，隨著那段非常短的戰鬥影片流傳，粉絲真是遍布三界六道。

不說呼延族長笑得差點裂到耳根，還慎重的親自來接原本眼中的大小麻煩精，燭陰高等學院算是正式揚眉吐氣了。

另一個在這次大賽成名的，令人意外又不意外的，是咱們家的麥克。所以說，人正真好，中文不靈光……也就罷了。但他會大大成名，卻不只是因為人很正，嚴格說起來，他不靈光的中文也算原因之一。

這個亡靈出身，借屍還魂又妖化，到現在物種還是「未知」的金髮帥哥，在接受冥府中央電台訪問時，一陣雞同鴨講，他終於明白了記者的問題。

記者實在很好奇，這個幾乎沒有修為，額外妖化的亡靈少年軍官，到底是修煉了什麼功法，才能打入五十強，甚至和輝端仙子拚了個兩敗俱傷逼和，雖然他之後傷重無法再賽，也逼得輝端仙子盡毀法寶無奈棄權。

「功法？」他在鏡頭前站得異常挺拔，「沒有。我只是要榮耀小姐……」他眼神茫然失焦了一會兒，驀然一笑，燦爛若夏陽，「愛她，榮耀她，就能贏了。」

……不騙你，我看到這段轉播的時候全身宛如通電般發麻，潑了一桌子牛奶。

小看麥克了……這麼光明正大、理直氣壯的雷人，真差點被他雷死。

還在吊點滴的Boss看著電視，沉默了一會兒，微帶尷尬的咳了聲，「做人要低調。」

「……Boss，我知道你不但低調，而且非常含蓄。」我冷靜的回答，並且默默擦桌子。

「很多事，只需要做，不用說。」他用報紙蓋住自己的臉。

我頹下肩膀，看看他纏滿繃帶的右手臂，還是沒狠得下心戳他。

反正他就是那麼彆扭又傲嬌……又不是今天才認識他。

除了灰溜溜的妖族，這次大賽算是順利圓滿。

原本提交到冥府的嚴厲抗議──難怪他們生氣，姬家新生代子弟就沒個不帶傷，沒個幾百年休養是好不了──在Boss媽驚世絕豔的那一甩……也默默的撤銷了。

冥府聘了Boss媽當榮譽武術顧問。但Boss媽真是活潑得很迷糊，一直追問為什麼，然後說了很多人會想死的話，「我強？哪有！羽林軍一起上我就吃不住了，而且我打不過太爺。」

……羽林軍有八千兵馬，七百弒仙強弩，滅神砲八架。本屆冠軍張大砲將軍聽了Boss媽的話，默默無語的流下英雄淚……

「長生，妳知道的，燭陰沒個妖不是混血。咱們呼延家，細數族譜，大概囊括一百多妖族的血緣。混血妖通常都能力遠次於純血，但偶爾會出現很強的變異和返祖……」Boss淡淡的解釋。

「……那呼延夫人？」我小心翼翼的問。

「都是。」他沉默了一會兒，輕聲說，「本來還沒這麼誇張。但我爸負心對她刺激太大，激發出所有潛力了。」他嘆了聲氣。「我們這幾個，還不到她兩成實力。」

……還是不要問下去了，很恐怖。

雖說這次大賽圓滿完成，但畢竟讓冥府警覺起來。Boss還在大賽城養病的時候，就收到了冥府決定更擴大舉辦無差別格鬥賽的消息。

本來我很吃驚，但仔細看過之後，又不禁佩服。

冥府身為中立非政治單位，決定仿人間的奧運，每十年舉辦一次「三道六界無差別格鬥大賽」，從內部比賽提升到國際層次。至於細節，廣邀各界諸道來協商，但就把冥府摘出來，不給人攪混的機會。

Boss懶洋洋的笑，「還不錯。冥府那些老頭也不全都爛了腦子。長生，冰牛奶。」

我遞給他，閒閒的說，「Boss，我平衡了。」

他滿眼問號的看著我。

「你對誰都傲嬌，家人如此，冥府也如此。」我輕嘆了口氣，「不是只對我而已。」

他嗆著了。咳得滿臉通紅，卻連看也不敢看我。

我真恨貓科動物這種彆扭又故作淡定的傲嬌。

塵埃落定，我買了一大堆冥府的特產和書籍，跟著Boss回人間了。

他的手雖然能動了，但內傷還沒那麼快痊癒。不過冥府獎勵他這幹黑活的獵手，讓他請了一年的帶薪病假。

雖然照他那種沉重的內傷，一年能不能歇過來，我沒啥把握。不過冥府很貼心的按三節四季醫師外診、珍貴仙丹供應，可見對他這黑活兒很是讚賞。

可喫違了大半年才回來，鬼仙大人看著病懨懨的Boss一會兒，只說，「死不了。」就沒話了。淮先生還熱情多了，特別幫Boss把過脈，殷勤關懷，雖然說那麼多，總歸起來也就三個字：「死不了。」

我開始覺得他們倆很妙。

更妙的是，鬼仙大人幫我們看了大半年的家，其實已經耽誤她的行程。她成仙以來第一次資格考核，十年後要在崑崙舉辦了。雖然她實力那麼堅強，也沒打算升天，但資格考有過，就可以免去每千年仙劫，也藉機跟諸多天仙、地仙或真人交流有無，取得一些有益夜凰涵養的天材地寶。

我最不能了解的就是這個。鬼仙大人幾乎沒說什麼，最多就說「嗯」、「對」、「不對」，Boss就能了解她的意思，實在令人驚嘆。

她說得最長的話，是Boss閒閒的問她，「那南子呢？」

向來沒啥表情的鬼仙大人，平靜的臉孔卻無法控制的抽搐兩下，「腳長在他身上，誰管得了？」

說是說得這樣冷淡，但鬼仙大人啟程時，卻把掛在牆上的月裳穿上路了，還戴了珠冠。雖然顏色不對，但她是鬼嘛……蓋個手帕也能冥婚了。淮先生淡笑的和她並肩而行，一臉得償所願。雖然她只是低頭走路，卻也沒說什麼。

……我終於知道Boss和鬼仙大人為什麼會這麼要好，友情長久。物以類聚，傲嬌自成一群。

這是怎樣剽悍又堅持彆扭的一群傲嬌。

送走了鬼仙大人和淮先生，沒兩個月，換卿卿他們要離開我們。

卿卿一臉無奈的苦笑，「我爸媽還是不放棄希望。這次……要去美國。」她神情平靜，但提到爸媽，卻有一種早熟的寵溺。「雖然我爸媽都忙於工作，從來不知道我真正需要的是什麼……可他們真的愛我，就算方法有點不對……還是愛我的。」

她笑著搖頭，「這樣傻氣的爸媽，總是相信有天我會看得見……和其他女孩一樣。除了順著他們以外，能夠怎麼辦呢？」

「……麥克會跟妳去吧？」我問。

「當然。」她的笑更燦爛，「我們是一起的。」

我揉了揉她的頭髮，她撲到我懷裡。「……我的鬼氣會傷妳的。」我強忍著淚。

「才不會。」她的聲音模糊，「我不是普通的人類女孩。」

和卿卿那種充滿感傷的分別不同，麥克的……開朗多了。

「也不用我叮嚀，我知道你會照顧卿卿。」我真正擔心的不是這個，「那個，麥克，你會說英語嗎？」

他在台灣住了快兩年，中文能力實在是……

他陽光爽朗的表情動搖了一下，不太有把握的說，「我會說，『How are you.』。」

「然後呢？」我鼓勵他。

「……」他很不祥的沉默下來。

啞口片刻，「美國也很多怪物和妖怪。」我很誠懇的說，「麥克，中文學不好就算了……你還是把英文學好吧。」

「是的，女士。」他很認真的點頭，這樣純良。

我實在不放心，偷偷拜託美國當地的協辦機關幫忙照料。但傳來的消息讓我再次的對麥克的語文能力絕望了。

從紐約的狼人到新奧爾良的吸血鬼，都讓他的軍刀和手槍整得雞飛狗跳。直到卿卿的英語進步到足以日常對話才有所改善。

我在想，是不是納粹培訓軍官的時候，只記得教「希特勒萬歲！」，沒有好好加強他們語文上的學習呢？

麥克，加油好嗎……？

*　　*　　*

Boss大概養病很無聊，鬼仙大人和卿卿他們又都走了，而台灣分局因為Boss養病，又業務暫停，所以無聊到陪我一起選擇進修的法門。

忙忙碌碌了三、四年，難得我們有這樣閒心的時候。

結果到最後，我既沒有選擇修仙，也沒選擇煉魔，而是準備……尋真。

這其實是一個起源甚晚的法門……甚至還不算是完整法門，因為創造這學說的老師，自己還是一介人魂，只是受聘在冥府學院開講罷了，當然更沒有任何人得證大道……甚至能不能得證大道都不曉得。

但我在大賽城和這位溫和的王老師見過一面，和他談過。雖然這不算是正統法門，他也並沒有修出任何神通……可以說，他也不是要什麼神通，他徵求學生，更多的是想教學相長和彼此砥礪罷了。

我考慮很久，發現我就是個很普通很普通的厲鬼，沒啥天賦，也不怎麼能吃苦。不像鬼仙大人那麼堅忍不拔，能夠一根骨頭、一條經脈、一絲肌肉的用鬼氣艱苦凝聚，更沒有什麼必要求登仙籍；煉魔需要吞噬，吞噬生命或鬼魄，過程實在有點血腥，也不是我這膽小鬼熬受得起的。

會想要進修，我只是想要更能忍受人間鋒利如刀的陽氣，存在的久一點，陪伴著我家傲嬌又彆扭的Boss，那就行了。如果能夠漸漸溫和的洗掉戾氣，那就更好了。

我不想成仙，沒興趣去當那種於天無助、於地無益的天地蠹賊。更不想長生不死……Boss有一天總是會死的，我一個人在這世界上，有什麼意思。

我問自己，終究還是只得到一個答案。

生前我想當個有用的人，死後我還是想當個有用的鬼。

再厲害我也不想當個天地無用的仙人或大魔。

所以我選擇跟王老師進修。這個法門主要是理解天地間真理，並且致良知和知行合一，對我來說，再合適也沒有了。

王老師的函授課程很詳盡，還可以用skype連線到學院跟他請益，瞧瞧冥府有多先進。

更重要的是，修了這法門，能夠養一身浩然正氣。能不能修出什麼成就還兩說，最少我修了以後，准先生再大的聲音，也不會讓我流鼻血和翻跟斗了……你看多好。

對於我的決定，Boss只是懶洋洋的笑，卻沒說什麼。只是他幫我訂了很多相關的書，用的是比賽獎金。

他對我這樣，我也就不去查他到底是哪來的錢買妖刀村正。

算了，誰沒一點小祕密。

但他難得安靜乖巧的養傷，右手養足了半年才能行動自如，傷得比我想像的還嚴重，很讓人心疼。

但他把手傷養好的第一件事情，卻是神祕兮兮的外出。一個月後，遞給我兩份沉重厚實的「工作合約」。

「就說要重簽了。」他語氣淡然，卻躺在沙發上，用報紙蓋住了臉，「看仔細點，有問題再討論。」

狐疑的看了Boss一眼，我仔仔細細的一頁一頁看合約，眉毛不知不覺的挑了起來，然後又看了幾遍封皮……的確是「工作合約」。

我居然擁有Boss的財產管理權欸！甚至還內附財產清單，註明由雙方共有。連權利和義務都註明得清清楚楚。讓我眼睛發直的是，若取得閻王特赦令時，可附加雙方子女但書。

……這是「工作合約」？

「合約期限內，雙方不得各自婚嫁。」我念了一條奇妙的條文，「這是指主雇雙方嗎？」

「嗯。」Boss的聲音在報紙底下有點悶。

「就是呼延灼璣和謝長生在合約期限內，都不能跟別的人結婚對嗎？」我揚高聲音。

「……嗯。」

我快暴走了。

彆扭個屁傲嬌個頭啊?!你就不能正正經經的跟我求婚嗎？不然你帶我去見你媽你弟你那混帳爹是為啥為啥為啥啊?!

「工作合約？」我咬牙切齒的問。

他終於把該死的報紙拿下來了。向來懶散從容隨性，偶爾有點幼稚的Boss，飛快的看我一眼，居然有著擔憂和恐懼，低聲問，「不簽嗎？」

我不知道該氣還是該笑，有點心疼又有些心酸。罷了罷了。

「好合約，幹嘛不簽？」我惡聲惡氣的說，拿起筆要簽，Boss卻飛快的按住我的手。

「妳……長生，」他掙扎了一會兒，語氣有些軟弱，「是因為知道了我爸的事情……所以才……願意簽嗎？」

豬腦袋。

但該死的，我聽懂了。我聽懂了他感情上那種絕對潔癖，要得如此純粹，不容一點雜質。

「你又沒死，為什麼大腦就開始腐爛了？」我罵了，「我是因為、因為……」

幹！為什麼是我先告白?!

「因為，My boss, my hero.」說完我再也不敢看他，匆匆的拖過兩份合約，端端正正簽下自己名字。

他默默的也簽下自己名字，「……用印。」

等我看到印章，真不知道要放聲大笑，還是賞他兩個耳光。

那是兩個一對的印章，非常俗氣的各分一半心，併在一起，就是一個完整的愛心。我爸媽也有一個這樣的象牙印章，是民國五〇年代風格……的結婚印章。

工作合約？嗤！

「為什麼你這麼彆扭又這麼傲嬌？」我真的怒了，「為什麼我就是想跟你？」

他沒有說話，只是笑得又陽光又甜蜜，露出當初騙死我的小虎牙，吻了我。

哎，算了。又不是今天才認識他……算了。

反正我還是冥府臨編人員，不是嗎？總有一天，我會攢夠福報，哪怕是天文數字。總有一天，我總會福緣深厚的聽到他說……「我愛妳」。

總會有那麼一天的。

「你就那麼有把握？」終究還是不甘心，就這樣？被「工作合約」誤終身？

「長生，」他懶洋洋的笑，「我是冥府最好的狩獵者。妳想跑也跑不掉。」

「……」

（冥府狩獵者全文完）

國家圖書館出版品預行編目資料

冥府狩獵者 / 蝴蝶Seba著. -- 二版. -- 新北市 :
雅書堂文化事業有限公司, 2021.01
面； 公分. -- (蝴蝶館 ; 45)
ISBN 978-986-302-569-6 (平裝)

863.57 109019721

蝴蝶館 45

冥府狩獵者

作　　者／蝴蝶Seba
發 行 人／詹慶和
執行編輯／蔡竺玲・蔡毓玲
編　　輯／劉蕙寧・黃璟安・陳姿伶
封面繪圖／PAPARAYA
執行美編／陳麗娜
美術編輯／周盈汝・韓欣恬

出版者／雅書堂文化事業有限公司
郵政劃撥帳號／18225950
戶名／雅書堂文化事業有限公司
地址／台北縣板橋市板新路206號3樓
電子信箱／elegant.books@msa.hinet.net
電話／(02)8952-4078
傳真／(02)8952-4084

2021年01月二版一刷　2010年12月初版　定價250元

經銷／易可數位行銷股份有限公司
地址／新北市新店區寶橋路235巷6弄3號5樓
電話／ (02)8911-0825
傳真／ (02)8911-0801

蝴蝶
Seba

蝴蝶

Seba